Pôle fiction

Du même auteur
chez Gallimard Jeunesse :

Le journal intime de Georgia Nicolson :

1. Mon nez, mon chat, l'amour et… moi
2. Le bonheur est au bout de l'élastique
4. À plus, Choupi-Trognon…
5. Syndrome allumage taille cosmos
6. Escale au Pays du Nougat en Folie
7. Retour à la case égouttoir de l'amour
8. Un gus vaut mieux que deux tu l'auras
9. Le coup passa si près que le félidé fit un écart
10. Bouquet final en forme d'hilaritude

Louise Rennison

Entre mes nunga-nungas mon cœur balance

Le journal intime de Georgia Nicolson. 3

Traduit de l'anglais
par Catherine Gibert

Gallimard

Titre original : *Knocked out by my Nunga-nungas*
Further, further confessions of Georgia Nicolson
Édition originale publiée par Piccadilly Press, Londres, 2000

Un grand merci à ma famille chérie : Mutti, Vati, Sophie, John, Kimmy et bien sûr le trio de rêve, Eduardo Delfonso Delgardo, Honor et Libbsy.
Sans oublier la branche familiale du Pays-du-Kiwi-en-Folie.
Et aussi en souvenir de Eth et de Ted.
Comment ne pas remercier ma super bande de poteaux pour avoir résisté, encore une fois, à l'envie de me tuer. Vous vous reconnaîtrez : Pip Pringle « quelle conversation passionnante ! », Jeddbox, Jimjams, Elton, Jools, The Mogul, Lozzer, Bobbins, Porky Morgan, Geff « Guildford à l'appareil », Jo Good, Tony the Frock, Jenkins the Pen, Philip K., Kim et Sandy, Baggy Aggiss, Cock of the North et famille, et toutes mes copines du collège : Barbara D., Sheila R., Rosie M. et consœurs.
Merci à Black Dog dit le capitaine.
Au fabuleux groupe d'entraide de St Nick, et en particulier à Aunti Haze et Doug.
À la boutique Nature et Santé.
Un merci tout particulier à l'équipe de Piccadilly, aux merveilleuses Brenda, Jude et Margot qui ont vendu les droits des confessions de Georgia Nicolson dans toute l'Europe ! Dont l'Allemagne où Mon nez, mon chat, l'amour et… moi *a été baptisé* Frontal Knutschen ! *Génial, non ?*
À mes nouveaux copains Nyree, Kirsty et Gavin.
Un gigantesque merci à la sublime Clare Alexander, et à la proprement magnifique Gillon Aitken.

RETOUR DE SUPER-DINGO

Jeudi 21 octobre

13 h 00. Dans ma chambre, le nez écrasé contre le carreau à ressasser mes malheurs. Il pleut. Et pas qu'un peu. Très subaquatique comme genre de sensation.

Et, pour couronner le tout, je ne suis ni plus ni moins que la prisonnière du… machin-chose.

Condamnée à rester dans ma chambre à faire la fille qui a super mal au bide pour éviter que Vati, mon très cher père, ne découvre que j'ai été exclue du Stalag 14 comme une lépreuse exclue (en clair, exclue du collège, je suis). Note, j'ai de la compagnie. Mon gros minou, Angus, est également consigné à la maison, mais lui c'est pour cause de batifolages excessifs avec Naomi, sa bombe birmane.

14 h 00. À l'heure qu'il est, les copines sont à la gym. Qui aurait pu penser que le jour viendrait où je regretterais la douce voix de Mlle Stamp (*Oberführer* prof de gym et lesbienne à ses heures) hurler : «Allez, mesdemoiselles, on enfile son short et plus vite que ça!»

Je le dis, ce jour est venu.

15 h 30. Juste là maintenant, le Top Gang doit être en train de préparer sa sortie du collège.

Un petit coup de brillant à lèvres par ici, une couche de vernis par là. Si ça se trouve, elles iront jusqu'au mascara puisque c'est éducation religieuse et que Mlle Wilson ne risque pas de les empêcher de faire quoi que ce soit, vu qu'elle n'est même pas fichue d'avoir le dessus sur sa coupe années 70 à pleurer. Rosie nous a sorti qu'elle avait trouvé le test pour mesurer l'état de délabrement psychique de la Mère Wilson. Elle va s'appliquer un masque sur la tronche en plein cours et voir si ça provoque le spasme de la mort chez l'enseignante en théologie.

Je parie que Jas s'entraîne à faire la pulpeuse au cas où elle tomberait sur Tom dans la rue.

15 h 50. Non, mais est-ce que quelqu'un peut me dire pourquoi j'ai été exclue du collège alors que Jas n'a écopé que de la corvée de

vestiaire ? Je ne suis rien d'autre qu'un bouc... truc, un bouc et mitaine.

16 h 10. Robbie, dit Super-Canon, (Mon nouveau copain !!! Yesss et trois fois yesss !!!) doit être en train de rentrer de la fac de sa démarche super-canonesque. Une usine à bécots sur pattes.

16 h 30. Intrusion de mère dans chambre.

– Georgie, tu peux commencer à amorcer ta guérison spectaculaire.

Trop sympa. Merci pour tout. Et bonjour chez toi.

Sous prétexte qu'Elvis Attwood, le gardien du collège qui, soit dit en passant, descend tout droit de la planète Barjot, s'est cassé la binette en trébuchant sur sa brouette (je lui disais juste que Jas avait pris feu), la haute autorité m'a interdite de collège.

Mère, dite Mutti, est partie en boucle. Faut dire que depuis que Vati est rentré, elle yoyotte sévère.

– C'est ta faute, Georgie. Tu n'arrêtes pas d'embêter ce pauvre homme. Tu ne devrais pas t'étonner d'être punie.

Mais oui, c'est ça. Vas-y, je t'écoute.

16 h 45. Coup de fil à Jas.

– Jas.

– Salut, Gee.
– Pourquoi tu m'as pas appelée ?
– Ben, réfléchis. Vu que t'appelles, ça aurait sonné occupé.
– Jas, sois gentille, ne commence pas à me courir sur le haricot. Ça fait à peine deux secondes qu'on se parle.
– Je te cours pas sur le haricot.
– Si.
– Ben quoi, j'ai rien dit.
– C'est déjà trop.
Silence
– Jas ?
Silence.
– Jas… Qu'est-ce que tu fabriques ?
– Je te cours pas sur le haricot.
Si ça continue, cette fille va me jeter droit dans les bras de la totale démence. Mais comme il faut absolument que je lui soutire quelques informations, je continue vaillamment.
– À la maison, c'est trop nul. Encore un peu et je regretterais presque d'avoir été exclue. C'était comment au Stalag 14 ? Y a du nouveau sur le plan potins ?
– Non, les mêmes que d'hab'. Ah, si ! L'abjecte Pamela Green a pulvérisé une chaise.
– Ah, bon, elle s'est battue avec ou quoi ?
– Non, elle s'est juste assise dessus pour sa pause déjeuner. Je crois que c'est le Mars géant qui a déclenché le cataclysme. Les sœurs Crai-

gnos ont commencé à lui chanter : « Qui qu'a mangé tous les gâteaux » mais la Mère Fil-de-Fer, notre bien-aimée dirlo, a rappliqué illico pour leur faire le sermon spécial « Faut pas se moquer des disgraciées ».

– Est-ce que Fil-de-Fer avait le triple menton guimauveux ?

– Exact, c'était même la farandole du menton.

– Génial. Je vous manque, dis ? Vous avez parlé de moi ?

– Pas vraiment.

Trop sympa. Je rectifie, Jas a des super qualités, les qualités requises pour être ma meilleure amie. Style, elle sort avec le frère d'un Super-Canon.

– Au fait, dis-moi, est-ce que Craquos, enfin je veux dire Tom, t'a dit un truc que Robbie lui aurait dit sur moi ?

– Heu... Attends que je réfléchisse.

Et là, j'entends *slurp, slurp* dans le combiné.

Jas était en train de faire des slurps.

– Jas, qu'est-ce que tu manges ?

– Rien. Je suçote mon stylo pour m'aider à cogiter.

Foutu *sacré bleu*, j'ai *le arriéré* comme copine. Un million d'années de suçotage de stylo plus tard, la voilà qui me sort :

– Non, il a rien dit du tout.

19 h 00. Comment se fait-ce que Robbie n'ait pas parlé de moi ? L'homme n'est pas en manque de bécots ?

20 h 00. J'entends Vati chanter : *If I Ruled the World*, de ma chambre. Nom d'un hanneton mélomane, et dire que je me remets à peine d'un super mal de bide fictif. C'est dingue ça, il ne pense vraiment qu'à lui.

20 h 05. Le pire de tout, c'est que Super-Dingo (mon Vati) est rentré du Pays-du-Kiwi-en-Folie alors que je le croyais parti pour des siècles. Je me présente : Miss Pas-de-Chance-dans-la-Vie. Mais ce n'est pas tout. Super-Dingo s'est mis dans l'idée d'emmener toute sa petite famille en vacances au Pays-du-Loch-Ness-et-Monstre-du pas plus tard que tout de suite.

Mais… moi je m'en bats l'œil avec une patte d'alligator femelle, parce que j'ai déménagé sur la planète Amour.

Lalalalalère.

Je suis la copine d'un Super-Canon !!!

Yesss !!! Bingo !!!

20 h 15. Trop mignon, Super-Canon m'a demandé de l'appeler quand je serai arrivée en Écosse. Le seul os dans le minestrone, c'est… que je n'irai pas en Écosse.

En un mot comme en douze, voici mon plan : tout le monde se tire en Écosse… sauf moi. Pas difficile à comprendre, il me semble. Même par les plus bouchés.

Opération exposé-à-Mutti-et-Vati-de-mon-super-plan-l'Écosse-sans-moi

20 h 30. Les ancêtres étaient écroulés devant la télé à se faire des papouilles. Et à boire du vin. Plus infantiles, tu meurs. Pour finir, j'ai même été obligée de quitter les lieux rapido parce que Vati se livrait à une activité proprement révoltante. Rien que d'y penser, j'ai envie de dégobiller. Figurez-vous qu'il tournicotait les tétons de Mutti à travers son pull en hurlant : «Appel à toutes les voitures, appel à toutes les voitures. Répondez ! »

Genre comme s'il cherchait une fréquence radio sur les flotteurs de Mutti !

Elle :

– Bob, arrête. Tu n'as pas honte !

Mais, même pas cinq secondes après, ils riaient tous les deux comme des bossus en roulant sur le canapé. Ma petite sœur Libby assistait à ce spectacle dégradant… morte de rire. Si vous voulez mon avis, je ne pense pas qu'il soit sain-sain d'exposer une petite fille à la pornographie. Je mettrais ma main à couper que, chez mes copines, les vieux ne leur imposent pas ce genre de choses. À bien y réfléchir, il y en a même qui ont le super bol d'avoir des parents séparés.

Je me demande si j'ai déjà croisé le père de Jas une seule fois. En général, il est dans sa chambre ou bien il bricole dans son atelier. Il se pointe uniquement pour filer son argent de poche à Jas. Ça, c'est du père !

23 h 00. Avant de monter me coucher, j'ai annoncé aux bécoteurs du troisième âge (sans passer le seuil de la porte, au cas où ils seraient en train de se tripoter) que je n'avais pas la plus petite intention de me rendre en famille et en Écosse demain, et j'ai conclu d'un « bonne nuit ».

Vendredi 22 octobre

En Écosse
Sous la pluie
Dans une maison archinulle au trou du cul du monde

22 h 30. Je suis partie en vacances par erreur.

Voici le merveilleux journal de mon fantastique séjour en famille au Pays-du-Loch-Ness-et-Monstre-du.

Première étape, bloquée deux millions d'années dans l'auto familiale avec un siphonné au volant (Vati), plus deux trucs méga givrés dans un panier (Angus et Libby). Deuxième étape, après avoir écouté Vati délirer sur la beauté du paysage en cherchant vainement la maison un bon siècle, j'étais fine prête à lui dévisser la tête et à lui chourer son auto pour rentrer pied au plancher à la maison. Un minuscule détail m'a arrêtée : je ne sais pas conduire. Note, je suis sûre qu'une fois derrière le volant, j'aurais pigé le truc. Je ne vois vraiment pas ce qu'il y a de compliqué. À regarder Vati, il suffit simplement d'injurier les automobilistes et d'appuyer de temps à autre sur une pédale.

Ne me demandez pas comment, mais on a fini par arriver à la maison archinulle au trou du cul du monde. Précision : le premier magasin est à quinze mille kilomètres (bon d'accord, un quart d'heure à pied).

Et le seul autochtone à ne pas dépasser les cent quatre-vingt-dix ans est un nullos (Gus McKilt) qui traîne dans le village avachi sur sa bécane à pédales ! Comme je vous le dis.

C'est donc par total désespoir que je suis allée trouver McKilt après dîner pour lui demander ce qu'il faisait le soir avec ses copains (comme si j'en avais quelque chose à battre, vraiment !).

Il m'a fait :

– Loch ! (Je vous jure que c'est vrai.) On va à Alldays, ma loute. (Pourquoi ce simple d'esprit m'a qualifiée de loute, je n'en sais fichtre rien. C'est là tout le mystère du peuple écossais.)

J'avais l'impression d'être dans le film *Braveheart*. Je dois confesser que pour introduire un zeste d'hilarité dans une situation par ailleurs ô combien dramatique, quand on est arrivés en vue de la maison, j'ai fait Mel Gibson : « Prenez-nous la vie, vous n'aurez jamais notre liberté. »

1h15. C'est une vraie usine à bruit cette cambuse ! Et vas-y que ça ulule, et vas-y que ça miaule et que ça siffle… encore merci, Vati ! Mais non, ce n'est pas Vati, c'est la merveilleuse vie sauvage écossaise qui s'exprime. Par ici les chauves-souris, par là les blaireaux… et est-ce que je sais encore ? Ces bestioles n'ont donc pas de chez-elles ? Et quelqu'un peut-il m'expliquer pourquoi elles se croient obligées de rester debout toute la nuit ? C'est à se demander si elles ne le font pas exprès pour me mettre les nerfs en pelote. Il y a au moins un heureux ici, c'est Angus. Pour cause, il n'est plus aux arrêts de rigueur. Il devait bien être dans les une heure du mat' quand le monstre a rejoint son somptueux QG de chat (mon lit).

Samedi 23 octobre

10 h 30. Retour de Vati en Super-Dingo avec vengeance. Le voilà qui déboule avant l'aube dans « ma » (laissez-moi rire) chambre, en agitant furieusement sa nouvelle barbe. Comme je m'étais couchée avec des rondelles de concombre sur les yeux à des fins de beautitude, au début j'ai cru que j'avais tourné aveugle dans la nuit. Mais quand Super-Dingo a tiré les rideaux en chantonnant : « le bonjour, le bonjour, ma petite chérie » avec un accent kiwi-en-foliesque totalement ridicule, j'ai vraiment failli perdre la vue.

Je me demande s'il n'a pas fini par disjoncter. Il était assez proche de la totale démence avant de partir au Pays-du-Kiwi-en-Folie et c'est sûr que se faire exploser les chaussures par un raz de marée farceur n'a pas dû arranger les choses.

Mais stop. Après tout, El Barbido est mon Vati et, si on va par là, il est le Vati de la copine d'un Super-Canon. Total, je lui ai sorti avec un max de gentillesse :

– *Guten Morgan*, Vati. Pourrais-tu dégager de ma chambre immédiatement, s'il te plaît ? Merci !

Pas impossible que sa barbe lui ait poussé dans les oreilles. Il n'a pas obtempéré. Non, il a ouvert la fenêtre en grand et s'est penché dehors en respirant à fond et en agitant les bras comme un siphonné (qu'il est). Je vous ferai dire en passant que son derrière ne concourt pas dans la catégorie petit format. Si jamais un minuscule retraité passait derrière lui à l'instant même, il pourrait facilement croire à une éclipse de soleil.

– Ah, respire cet air, ma Georgie. On se sent revivre, non ?

Je me suis méchamment entortillée dans ma couette.

– En ce qui me concerne, il y a peu de chance pour que je survive tout court si ce blizzard continue à me perforer le poumon.

Dieu du ciel, le voilà qui s'asseyait sur mon lit. Horreur ! Malheur ! Ne me dites pas qu'il projetait de me prendre dans ses bras !

Sauvée par Mutti qui hurlait du rez-de-chaussée :

– Bob, le petit déjeuner est prêt !

Super-Dingo et son gros derrière ont quitté ma chambre.

Le petit déjeuner est prêt ? Cherchez l'erreur. J'ai un mal fou à me remémorer la dernière fois que Mutti a préparé le petit déj'.

Bref, on s'en tamponne. Je pouvais enfin me repelotonner dans mon petit lit et me faire un super film de bécotage avec Super-Canon. En paix.

Erreur.

Bang, bang.

– Georgie ! Georginette !! C'est moi !!

Nom d'un perce-oreille à bouclettes, c'était Libby. Miss Super-Foldingue déboulait dans ma chambre. J'ai remarqué non sans appréhension qu'elle était entièrement nue à l'exception d'une paire de lunettes sur le nez et… d'une casserole à la main.

– Libby, sois gentille, ne mets pas la casserole dans mon…

L'exquise enfant n'a pas tenu compte de ma remarque. Elle m'a poussée sauvagement pour se faire une place dans le lit. Très développés les bras chez un être qui n'a somme toute pas dépassé la quatraine.

– Bouge, vilain garçon. Mme Casserole est fatiguée.

Puis les deux copines se sont blotties contre moi. Et là, j'ai failli gicler sauvagement hors du lit. Le cucul de Libby frise la glaciation polaire et, pour ne rien arranger, il glue… Beurk.

C'est quoi le problème avec ma chambre ? C'est les vacances. On serait en droit de penser que j'ai la possibilité de jouir d'une intimité méritée pour me livrer à mes projets perso (me faire des films de bécotage), mais non, ce serait trop beau. Si ça se trouve, il y a même tout un car d'Allemands en shorts à bretelles qui compte faire étape dans ma piaule d'une minute à l'autre.

Je vais aller m'acheter deux énormes verrous chez le serrurier du coin (Douglas McSerrurier) et je recevrai uniquement sur rendez-vous.

Dans mes rêves.

11h00. Libby et Mme Casserole ont repris leurs cliques et leurs claques. Pas dommage. J'apprécie moyen la promiscuité prolongée avec le cucul de ma petite sœur d'où il s'échappe toujours quelque truc douteux.

Non, je ne rêve pas. Mutti et Vati sont en train de jouer à chat en bas. Je les entends courir en gloussant comme des niais.

Foutu *sacré bleu*. Très *le pathetico*. Ça ne fait pas quatre-vingt-neuf heures que Vati est rentré, et je sens déjà poindre le total désespoir.

11h10. Mais, on s'en tamponne le coquillard de la parenté et de la pilosité barbale. On s'en tamponne même d'avoir été traînée de force dans le bled le plus nul et le plus froid de la planète. Car moi, Georgia Nicolson, fille de givrados, je suis la copine d'un Super-Canon. Yessss!!!!! Super génial et triple *marveloso*! J'ai réussi à piéger un Super-Canon. Il est à moi, moi, moi. Il y a un tube qui me trotte dans la tête. Vous ne devinerez jamais. *Et j'ai crié Robbie, Robbie, pour qu'il revienne.*

13 h 00. Assise sur la barrière, en train de regarder passer les gens. Quels gens ? Je vous le demande. À part deux ou trois loufdingues qui parlaient un truc impossible (l'écossais) et un furet, je n'ai vu passer personne.

Puis Gus McKilt ou McTruc est sorti du brouillard, perché sur sa bécane de nase. Ce n'est vraiment pas de chance pour lui, mais le pauvre garçon développe une ressemblance troublante avec Norman le Boutonneux. En clair, il a la tronche dévorée par une acné géante. Et, pour ne rien arranger, l'individu a le poil roux. Il m'a fait comme ça :

– Avec mes potes, on se retrouve à neuf heures devant Alldays. À toute, ma loute.

Mais oui, c'est ça, mon vieux. À toute en enfer et surtout ne sois pas en retard. Plutôt mourir que d'aller traîner avec Gus et sa bande.

20 h 59. Je vous donne en mille l'animation proposée par Vati après le dîner : soirée chansons autour du piano. Youpi ! Il a entamé les festivités avec *New York, New York,* interprété par lui-même.

21 h 00. J'ai emmené Angus en promenade, histoire de voir à quoi ressemblaient les folles nuits de Gus McKilt. Le seul point positif de ces vacances consternantes, c'est Angus. Le monstre a repris du poil de la bête. Et pourtant,

je sais que, dans sa tête de chat, il est en total manque de Naomi (même s'il masque à mort). À l'heure où je vous parle, le monstre parade éhontément, style l'Écosse m'appartient. Note, c'est là qu'il est né. Possible qu'ici il reçoive l'appel de la forêt cinq sur cinq. Nous, en tout cas, on a compris le message. Il dit clairement : « zigouiller tout ce qui bouge. » Ce matin, il y avait expo de souris des champs gravement trucidées sur le paillasson et maman a dit qu'elle en avait trouvé une dans ses collants. Croyez-moi, je me suis abstenue de lui demander où elle rangeait lesdits collants. Ces jours-ci, il vaut mieux ne pas lui poser de question. Tout ce que j'obtiens comme réponse, c'est un gloussement stupide de dinde. Il y a de quoi douter des facultés intellectuelles de la mère de famille. Je le répète, depuis le retour de Vati, cette femme n'a plus toute sa tête.

Angus s'est fait un nouveau copain monté sur pattes. N'allez pas vous illusionner, il ne s'agit pas de chats autochtones. Pas un seul n'ose approcher de la maison. D'ailleurs, il me semble bien avoir entendu une castagne de matous la nuit dernière. Ce serait logique, le greffier noir et blanc que j'ai aperçu hier après-midi dans le jardin est gravement amputé des oreilles à l'heure où je vous parle. Non, le nouveau poteau d'Angus est un vieux chien de berger à la retraite qui s'appelle Arrow. Enfin, moi, je sais qu'il est à la retraite. Lui, c'est une autre affaire. Il est tellement ramolli du bulbe qu'il n'a toujours pas capté. Total, il persiste à faire son boulot de chien. Sauf qu'il a un peu laissé tomber le rassemblement de moutons pour s'orienter plutôt vers le rassemblement de poulets, voire de voitures ou de tricentenaires indigènes partis s'acheter une bonne petite panse de brebis farcie (la spécialité locale). Angus et Arrow sont copains comme cochons et passent leurs journées à terroriser les populations quand ils ne sont pas en train d'occire la première bestiole venue.

21h30. C'est plutôt cool de les entendre trottiner derrière moi. Avec eux au moins j'ai trouvé une compagnie fréquentable dans ce bled furieusement paumé et affreusement dépourvu de Super-Canon.

21h35. Quand on a déboulé tous les trois devant Alldays, la boîte la plus branchée d'Écosse, on est restés comme trois ronds de flan.

Je suis sûre que vous allez dire que j'invente. Et pourtant, j'ai le regret de vous informer qu'Alldays est... une supérette naine ouverte toute la nuit. Voilà ce que c'est.

Ce machin n'est ni plus ni moins qu'un foutu magasin, pas une discothèque.

Et c'est là que « toute » la jeunesse du coin vient s'éclater (en tout : quatre Gus McKilt à bécane). Je ne vous raconte pas leur soirée. Première option follement délirante : traîner entre les rayons en écoutant la musique qui passe dans le magasin ! Véridique. Deuxième option encore plus démente : traîner dehors sur sa bécane et faire des allers et retours dans Alldays pour s'acheter un Coca ou un genre d'Orangina fabriqué dans le coin.

Foutu *sacré bleu* et *quelque dommage*.

Minuit. C'était donc ça. La boîte la plus branchée d'Écosse.

En rentrant, j'ai sorti à ma mère :

– Mutti, est-ce que par hasard tu aurais remarqué à quel point cet endroit est nul ?

Réponse :

– Ma chérie, à la campagne, il faut savoir s'amuser toute seule. C'est à toi de provoquer les choses. De toute façon, tu exagères toujours.

Intervention du père :

– Au fait, Gee, ton cousin arrive demain.

Double *caca*. Il y a des moments où Vati atteint des seuils de démence alarmants. Comment peut-il imaginer une seule seconde que l'arrivée de mon cousin James, dit Pervers Pépère, me remplisse de bonheur ?

Minuit et demi. Ulule-ulule. Bourre-pif, bourre-pif. Gratte-gratte. Nom d'une libellule taxidermiste, il y a surboum de blaireaux dans les fourrés ou quoi ? Oh, pardon, scusez, j'avais oublié. Je profite à fond de mes super vacances. Mutti avait raison. J'exagère toujours. J'allais passer sous silence un truc méga dément qui est arrivé à Alldays ; je rappelle pour ceux qui auraient oublié que c'est la boîte la plus branchée d'Écosse. Vous n'allez pas en revenir. Récit. Un des Gus McKilt a manqué s'étouffer en allumant une clope et, dans la sauvagerie de la quinte, il a renversé son Coca sur son pantalon et… il a été obligé de rentrer chez lui. Dingue, non ?

1 h 00. Je vous jure que c'est vrai.

1 h 30. Je me demande si je ne devrais pas me taper les quinze mille bornes jusqu'au village pour téléphoner à Super-Canon.

1 h 35. Ou rentrer à pied en Angleterre.

Dimanche 24 octobre

10 h 20. Toujours scotchée au Pays-du-Loch-Ness-et-Monstre-du. Pantalons écossais à perte de vue.

10 h 31. Ça fait combien d'heures au juste que je n'ai pas vu mon Robbie ? Laissez-moi réfléchir. Quatre-ving-dix-neuf heures et trente-six minutes.

10 h 46. Ça nous fait combien de minutes cette affaire ?

11 h 04. Je n'en sais fichtre rien. Question multiplication, je peine un peu. C'est le genre d'activité qui me met le cerveau en capilotade. J'ai bien tenté d'exposer le problème à notre prof de maths, mais elle prétend stupidement que si je n'étais pas si occupée à écrire des mots à mes copines ou à me faire les ongles, je pourrais me concentrer. Elle pige vraiment que dalle. La cause du problème est simple : certains chiffres m'occasionnent de la déficience.

Huit par exemple.

Avec la langue germanique, c'est le même topo. J'ai été obligée de faire remarquer à Herr Kamyer qu'il y avait beaucoup trop de lettres dans les mots allemands.

Non mais vous savez comment les Autrichiens se disent bonjour ? *Grosse Goutte* ! Vous trouvez ça normal, vous ? Total, comment voulez-vous qu'on prenne l'idiome au sérieux ? Je vous le dis, moi, on ne peut pas. C'est d'ailleurs la raison pour laquelle j'ai eu deux à mon dernier contrôle d'allemand.

11 h 50. Finalement, je crois que je vais rester au lit. Histoire d'emmagasiner un max de forces pour me livrer à un festival de bécots à mon retour.

Midi. Entrée de Mutti avec plateau couvert de sandwichs.

– *Grosse Goutte* dans *Himmel*, Mutti. Tu n'aurais pas tourné folle des fois ? De la nourriture ? Pour moi ? Non, c'est trop, merci. Je me contenterai de mon vieux bout de saucisse habituel.

Mutti a continué à sourire, extasiée. Pour être honnête, c'était limite flippant. Elle planait complet. Je la regardais, tétanisée, voletant dans ma chambre en chemise de nuit atrocement transparente. Dieu me tripote.

– Tu passes un bon moment, ma Gee ? Tu ne trouves pas cet endroit merveilleux ?

Regard méga ironique de la fille non capté par la mère qui continue à délirer.

– On s'amuse bien, non ?

– Attends, laisse-moi réfléchir. Tu as raison, je crois que je ne me suis jamais autant poilée depuis la fois où Libby a balancé ma trousse à maquillage dans les goguenots.

Elle m'a fait un de ses célèbres *tss tss tss* mais, sans la violence habituelle. Je ne blague pas, un *tss tss tss* méga cool.

J'ai fini par me plonger dans la lecture de *Ne vous noyez pas dans un verre d'eau*, mais ça ne l'a pas arrêtée. Elle a rembrayé sur les joies de la famille à nouveau réunie et bla bla bla et bla bla bla. Honnêtement, j'aurais apprécié qu'elle m'épargne la vue panoramique sur son anatomie. Quand je pense que les mères de mes copines mettent des gentilles fringues de vieilles et que la mienne laisse ses flotteurs s'égailler librement dans la nature. Et je peux vous dire que pour s'égailler, ça s'égaille. Mutti a le flotteur surdimensionné.

– Au fait, Gee, cet après-midi, on ira peut-être visiter l'usine de crayons.

Je n'ai même pas pris la peine de faire de commentaire.

– On va bien rire.

– Aucune chance. Excuse-moi, mais j'ai un mal fou à me rappeler la dernière fois qu'on s'est marrés ensemble. Sauf si tu comptes le jour où Grand-Père a laissé tomber son dentier dans le soutif de la dame.

13 h 00. Les tourtereaux sont partis visiter l'usine de crayons. Ils ont réussi à embarquer Libby. Évidemment, l'innocente enfant est persuadée qu'elle va rencontrer des bonshommes-crayons.

Et dans sa petite tête, ça veut dire bonshommes en crayon et non pas bonshommes qui fabriquent des crayons. Quand elle va se rendre compte qu'elle s'est fait refourguer un tas de McMachin très ennuyeux, elle va péter un câble.

Total ennui, mais total. Quand je pense à tout ce gâchis d'heures qui pourraient être utilement consacrées à des séances bécots avec Super-Canon.

13 h 20. J'ai mis le nez dehors mais il n'y a rien à voir. Je ne vous mens pas, c'est arbres, arbres, arbres, rivière, colline, arbres, arbres, Gus McKilt, Gus McKilt. Je ne vois vraiment pas l'intérêt.

D'un autre côté, et du bon, je sors avec un Super-Canon !

13 h 36. Oh, *Goutte* dans *Himmel* ! Il faut qu'on me dise à quoi ça sert de sortir avec un Super-Canon si personne ne le sait ? Même pas moi, au point où j'en suis.

16 h 00. Je me demande si je ne devrais pas l'appeler.

16 h 30. L'arrivée de James, Grand-Père et oncle Eddie m'a presque réjouie. Je vous rassure, un quart de seconde seulement. Oncle Eddie avait loué une fourgonnette pour faire le voyage, sans doute un modèle conçu spécialement pour les extra-chauves

James a la voix toute bizarre. Un coup, elle est genre très grave et, l'autre, méga aiguë. Vous n'allez pas me dire que c'est normal ? Mais la visite du musée des horreurs n'était pas terminée. En un clin d'œil, j'avais repéré que l'individu n'était pas à proprement parler dépourvu de pustules naissantes. Loin s'en fallait.

Quand Vati leur a dit « Entrez, donc » en prenant un accent McTruc trop nul, Grand-Père a entamé une petite gigue et, comme de juste, il a fallu le remettre sur ses pattes pour le faire entrer dans la maison.

Et, pendant ce temps-là, oncle Eddie hurlait :

– Pas de panique, pas de panique ! J'ai des réserves de caleçons avec le drapeau anglais dessus !

Non, mais qu'est-ce qu'il raconte ?

19 h 00. Traînée de force au pub pour fêter l'événement avec les très vieux givrés (plus James). Génial ! Ceci est la vie de… (erreur). J'ai demandé à Vati de me commander un Tia Maria *on the rocks* avec une larme de crème de menthe mais il a fait celui qui n'entendait pas. Typico. Au retour, les tricentenaires chantaient : *Donald, où t'as mis ton fute ?* en se tenant par le bras, et James et moi, on traînait derrière. Il faisait atrocement noir. Pas un lampadaire, rien. Bref, on marchait avec les ancêtres qui se gondolaient et s'écroulaient de-ci de-là (quand ils ne laissaient pas

échapper des petotos dans le cas de Grand-Père), lorsque cette chose affreuse s'est produite.

Un truc est entré en contact avec un de mes flotteurs. Sur le moment, j'ai cru que c'était le monstre du Loch Ness et j'ai bondi telle la carpe mais, soudain, j'ai entendu une voix sortir de l'obscurité. James.

– Oh… euh… pardon. C'était toi, Gee ? J'étais juste… euh… en train de chercher mon chemin.

Mon œil ! C'est ça, et ta sœur elle cherchait son chemin aussi ? Pour arriver où ? À mon autre flotteur, par hasard ?

Beurk, beurk, beurk. Mon immonde cousin a attenté à la pudeur de mes nunga-nungas. Espèce de harceleur de nunga-nungas.

23 h 00. Malgré l'effroyable nullité de ma vie, mes nunga-nungas m'ont arraché un sourire. Nunga-nunga, c'est comme ça que le frère d'Ellen (et ses potes) appelle les flotteurs des filles. Il prétend que si on tire dessus et qu'on les relâche d'un coup, ils font nunga-nunga. C'est clair que le garçon a un léger pète au casque.

23 h 10. Mais je dois reconnaître qu'il est assez poilant.

23 h 20. Je me demande quelle taille de soutien-nunga-nunga Mutti prend.

23 h 30. Si ça se trouve, je pourrais me bricoler un protège-nunga-nunga en électrifiant mon soutif avec une pile. Ça filerait une méchante décharge à Pervers Pépère au cas où il projetterait de re-harceler mes nunga-nungas « sans le faire exprès ».

23 h 35. La seule blatte dans le velouté, c'est que moi aussi je me prendrais une châtaigne.

Minuit. Angus a retrouvé ses racines écossaises. Il semblerait qu'elles se situent quelque part au milieu d'une fosse d'aisances, vu les particules de matière visqueuse qui lui enduisent les moustaches. Le monstre est entré dans mon lit, tout mouillé, et tout crotté en ronronnant comme une turbine. Mais je vous rassure, en moins de deux, il avait retrouvé un aspect décent en se frottant consciencieusement sur mon T-shirt.

Qu'est-ce qu'il crognotte ! À tous les coups, il est encore allé se rouler dans du caca de renard. Il est persuadé que ça lui fait comme un super after-shave méga attrayant.

Minuit dix. Ce qui n'est pas le cas.

Lundi 25 octobre

10 h 10. Pourquoi, mais pourquoi Super-Canon ne m'a pas appelée ? Je vais vous le dire, moi, pourquoi. Parce qu'il n'y a pas le téléphone dans cette foutue baraque. Voilà pourquoi. J'ai cru que j'hallucinais en arrivant. J'ai dit à ma mère :

– Mutti, il y a erreur. Le retour à la civilisation s'impose pas plus tard que tout de suite. Je prends le volant.

Alors, Vati s'est mis à délirer grave sur la tranquillité, la vie champêtre et le toutim. Ce à quoi j'ai objecté :

– Libre à toi de champêtrer tant que tu veux, moi je dois pouvoir appeler mes copines à tout moment.

Re-délire du père sur mes exigences perpétuelles, etc. Total, j'ai fini par lui faire judicieusement remarquer que si j'avais un portable comme toute une chacune, je ne prendrais même pas la peine de lui adresser la parole.

14 h 00. Je frise la totale saturation. Toute la petite famille est partie faire une marche forcée. Bon d'accord, Vati appelle ça une « promenade dans les bois », mais je peux vous décrire le programme des réjouissances comme si j'y étais. Je le connais par cœur. Première phase : Super-Dingo joue les chefs et fait le type méga

intéressé par le crachat de coucou ou tout autre prodige de la nature. Deuxième phase : comme de juste, le chef de famille perd son chemin et se fritte avec Grand-Père sur la direction à prendre. Troisième phase : Grand-Père se prend les pieds dans un machin et se retrouve les quatre fers en l'air. Quatrième et dernière phase : oncle Eddie est coursé par une bande de moutons irascibles. Voilà pour les points forts, je vous épargne les broutilles.

Je leur ai fait le plan de la migraine d'enfer.

J'étais allongée sur mon lit de (prétendue) douleur quand Vati m'a sorti :

– Dis donc, Georgia, si tu ne passais pas ton temps à te regarder dans cette foutue glace, tu te fatiguerais moins les yeux.

J'ai rétorqué aussi sec :

– Vu ta compassion et ta sollicitude, c'est clair que le jour où j'ai une tumeur au cerveau, je passe t'avertir en premier.

16 h 20. La fille est sortie faire une balade. C'est vous dire l'intensité du désespoir.

Je n'étais pas arrivée au portail qu'Arrow voulait déjà me rassembler. Je me suis rangée deux ou trois minutes dans une haie, histoire de lui faire plaisir, puis j'ai pris le chemin qui partait devant la maison. Les zoziaux gazouillaient, les furets furetaient et, avec un peu de chance, les Gus McKilt mckiltaient. Nom d'un haricot sauteur, une cabine téléphonique dans mon champ de vision !

Tentation.

Je l'entendais me susurrer : « Viens, Georgie, viens téléphoner. Tu sais que tu le veux. »

J'ai décidé de la jouer maturosité et de ne pas appeler Super-Canon. Ça fait combien de siècles au juste qu'on ne s'est pas bécotés. J'ai la lèvre en total manque. Hier soir, j'ai fait atelier bécots sur la Barbie plongeuse sous-marine de Libby. Pathétique, non ? Je me demande si Rosie a raison. Elle dit que si on force sur le bécot, ça peut méchamment faire pousser les lèvres. Ce qui nous amène immanquablement à la question suivante : qu'est-ce que Mark, dit Grosse-Bouche, a bien pu fabriquer pour obtenir un appendice buccal aussi développé ?

J'ignore cette cabine, il le faut. J'ignore cette cabine, il le faut.

16 h 30. Dring. Dring.

Pourvu que ce ne soit pas le père ou la mère de Robbie qui réponde. Pourvu que je n'aie pas à faire la normale.

Merci mon Dieu, Super-Canon dans le combiné. Jambe de poulpe à tous les étages.

– Allô ?

Oh, là, là, là, là, là, le « allô » trop supercanonesque.

– Allô ?

Oh, là, là, là, là, là.

Au deuxième allô, il m'est soudain apparu que l'usage voulait qu'on dise quelque chose à son interlocuteur dans le téléphone et de préférence quelque chose qui ne soit ni « Je t'aime, je t'aime », ni « Ngunhf ». Alors, j'ai pris le scarabée par les mandibules et je me suis lancée.

– Salut, Robbie… c'est Georgia.

(Bien, ma fille. Tu as même réussi à dire ton nom. Il y a du progrès.)

Super-Canon avait l'air tout content de m'entendre.

– Gee ! C'est toi. Comment tu vas, ma divine ?

Divine. Il m'a appelée divine. Moi, je, moi-même.

Georgia à cerveau ! Georgia à cerveau ! Stop, tais-toi immédiatement !

– Gee, tu es toujours là ? Tu t'amuses bien en Écosse ?

– Tu ne peux pas t'imaginer. Évidemment, il faut aimer se faire tartir au-delà du delà de la tartitude.

Il a ri. (Youpi !!!)

C'était trop cool de lui parler. Je lui ai tout raconté. Sauf l'épisode harcèlement de flotteurs par le cousin James. Et lui m'a annoncé qu'un chasseur de talents assisterait probablement au prochain concert des Stiff Dylans. Juste après, il m'a fait :

– Écoute, Gee. Sois pas fâchée mais faut vraiment que j'y aille. Je pourrais parler avec toi pendant des heures, mais là j'ai répète et je suis déjà en retard.

Bon, bon. Je suppose que c'est le prix à payer quand on sort avec un Super-Canon !!! Yess !!

Sa voix atrocement craquante est repassée par le conduit du téléphone :

– À plus, ma Gee. Je rêve de t'embrasser jusqu'à plus soif. Je t'appelle quand tu rentres.

Oh, là, là, là, là, là, là, là, là.

Quand Super-Canon a raccroché, j'ai frotté fiévreusement le combiné contre mon T-shirt, genre comme si c'était lui qui me caressait. J'étais en pleine action quand j'ai aperçu Gus McKilt de l'autre côté de la vitre en train de me fixer l'air égaré. Pas d'autre solution que de faire celle qui nettoyait le combiné.

16 h 45. Obligée de promettre à McKilt que je le retrouverais ce soir devant Alldays pour arriver à le faire décoller. Je crois que l'autochtone a gobé le bobard parce qu'il m'a sorti :

– Trop cool. À toute, ma loute.

J'ai attendu qu'il ait fini de faire des roues arrière avec sa bécane à pédales et je me suis ruée à nouveau dans la cabine pour appeler Jas.

– Jas, c'est moi !!!! C'est trop bien de te parler ! Alors, quoi de neuf ????

– Euh… ben… j'ai un nouveau fond de teint super génial avec des paillettes dedans. Ça me fait…

– Non, Jas. Arrête ça. Il faut que je te raconte un truc.

Et là j'ai commencé à lui relater ma converse avec Super-Canon par le menu.

– C'était géant, tu ne peux même pas imaginer. Il va devenir une méga star du rock et, par le fait, je serai atrocement riche. Mais t'affole pas, tu resteras quand même ma meilleure copine.

– L'autre jour, Tom m'a dit qu'il voulait faire « étude de l'environnement » à la fac.

J'ai failli hurler : « On s'en fout complet » mais il faut drôlement faire gaffe avec Jas. Si jamais elle vient à s'imaginer qu'on s'intéresse moyen à sa petite personne, elle peut tourner super mauvaise. J'ai gratté désespérément le fond de mon cerveau pour rebondir rapido sur le sujet.

– Oh… euh… super… l'environnement… trop génial. Ici, c'est bourré de… d'environnement… En fait, il n'y a que ça si tu vas par là.

Puis je suis passée à beaucoup plus intéressant. Les égarements du cousin James.

Jas :

– Beurk, beurk, beurk, c'est dégoûtant. Mais dis-moi, Gee, c'est pas toi qui l'aurais incité des fois ? Si ça se trouve, tu n'as pas fait passer le bon message.

– Excuse-moi, ma petite vieille, mais je n'étais pas exactement nue si tu veux savoir.

– Tout ce que je dis, c'est qu'il a bien fallu que le cousin James pense qu'il avait le droit de poser sa main sur ton flotteur. Tu l'expliques comment ce petit mystère ? Moi, par exemple, il ne m'a jamais tripoté le flotteur.

– C'est quoi ce délire ?

– Je te fais simplement remarquer que ce n'est pas la première fois que la chose se produit. Si ma mémoire est bonne, Mark Grosse-Bouche t'avait déjà…

– Et alors ?

– Et alors, tu prétends que ça lui a pris comme ça à ton cousin James de te tripoter les flotteurs, mais vu qu'il n'y a pas d'autre témoin, on ne pourra jamais savoir.

– J'ai pas… C'était…

– Possible que ton cousin James ait eu vent de ta réputation et qu'il pense qu'il n'y a pas de mal à te peloter les flotteurs.

Dieu que je hais cette fille. Pan ! Je lui ai raccroché au nez. Je ne lui adresserai plus jamais la parole. Vous pouvez me faire confiance, Georgia a une mémoire d'éléphant. Une fois ma décision prise, rien ne peut me faire revenir dessus. À partir de tout de suite là maintenant, *finito* l'amitié. Elle a osé se payer la tête de mes nunga-nungas et je préférerais encore me taper une couche-culotte de Libby plutôt que de lui parler.

Jas égale ex-meilleure amie. Cette fille n'existe plus pour moi. Morte, morte, morte, *mortibus*. Pour toujours.

Cabine
Cinq minutes plus tard
16 h 55. Coup de fil à Jas.

– Dis donc, Jas, est-ce que, par hasard, tu insinuerais que je suis facilement pelotable ?

– J'en sais rien. Possible.

– Comment ça, possible ?

– Ben, possible... faudrait que je sache ce que veut dire pelotable.

Le degré d'arriération de la fille.

Explication de texte pour demeurée avec max de patience.

– Ben tu vois, c'est comme avec le largage. Quand tu largues quelqu'un, tu es la largueuse. Mais de l'autre main, il y a les largables.

– Je vois pas le rapport avec le pelotage.

– Jas, concentre-toi un peu, ma vieille. Tu as le verbe : peloter. Donc, je pelote, tu pelotes, il, elle, pelote, etc. Mais dans le cas qui nous occupe, c'est moi qui me fais peloter, donc je suis pelotable. Tu piges ?

La pauvre fille ne captait rien, elle était repartie dans un pauvre coin de son cerveau inaccessible au commun des mortels. Si ça se trouve, elle était en train de s'admirer dans la glace de l'entrée... en se prenant pour Claudia

Schiffer. Tout ça parce qu'un pauvre cave lui a dit un jour qu'elle avait une vague ressemblance avec Claudia. Ben voyons, Claudia Schiffer avec une frangette à la noix.

Retour à la maison archinulle.

Dans ma chambre

18 h 00. Bilan trop génial. Larguée à des millions de kilomètres de la civilisation et traitée de facilement pelotable par ma soi-disant copine, Jas. Note, il est de notoriété publique que Miss Frangette de mes deux est gravement atteinte.

Tout à l'heure, j'étais descendue boire un Coca à la cuisine quand devinez qui j'ai retrouvé derrière moi comme par hasard ? Le cousin James.

Il m'a fait :

– Laisse, Georgia. Je vais t'attraper un verre.

Et le voilà qui se colle méchamment contre moi en faisant le type qui cherche dans le placard.

Nom d'une limace ébouriffée, on est chez les obsédés sexuels ou quoi ?

Vous croyez que Mutti et Vati auraient remarqué quelque chose ? Pas le moins du monde. Ils sont bien trop occupés à glousser.

21 h 00. Toute la petite famille est réunie dans le salon. Je me suis postée aussi loin que possible de James au cas où l'obsédé sexuel aurait

des velléités de rapprochement. Les vieux jouent à la bataille. Si c'est pas lamentable. Le cousin fait semblant de lire un livre de blagues, mais je mettrais ma tête au feu qu'il mate mes nunga-nungas en douce. À cause de ces foutus flotteurs, je suis la risée de tous. Voilà, j'ai trouvé. Mes nunga-nungas sont comme deux phares géants attire-nullos.

23h00. Mutti est venue récupérer Libby dans mon armoire. Elle s'était fabriqué un petit nid à l'intérieur qu'elle avait baptisé « maison de pipi ». J'ose espérer que la délicieuse enfant voulait dire poupées au lieu de pipi.

Entre deux hurlements et trois morsures, j'ai glissé à Mutti :

– Dis, tu crois que vous pourriez vous cotiser avec Vati pour me payer l'opération de réduction poitrinaire ?

Morte de rire.

Ça ne sert à rien de demander. De toutes les manières, Vati ne me file déjà pas un rond pour m'acheter un brillant à lèvres correct. Alors, je ne vois pas pourquoi il accepterait de me donner l'argent pour l'opération. Je vous parie qu'il se tiendrait à cette décision ridicule même si j'étais obligée d'engager deux serviteurs, Carlos et Juan, pour porter mes nunga-nungas tellement je me serais expansionnée sur le versant mammaire.

Mardi 26 octobre

10 h 00. Le facteur est passé. Il n'avait même pas de lettres. Il a juste dit :

– Bonjour, tout le monde. Bienvenue en Écosse.

Plutôt craquant, le préposé.

10 h 15. Nom d'une chèvre amphibie, je me demande si je n'ai pas chopé le syndrome bécoteur tous azimuts.

20 h 00. James m'a filé le train toute la journée au cas où une occasion de me peloter « par inadvertance » se serait présentée. J'ai fait le test de rester avec Mutti et Vati, mais c'est au-dessus de mes forces. Trop déprimant.

Oh, Robbie, où es-tu ? Viens me délivrer de la vallée des Dingos.

21 h 00. À quelle heure faut-il faire décaniller les parents demain matin pour arriver plus vite à la maison ? Une supposition qu'on parte à l'aube, on sera rendus à Normalville vers les quatre heures.

21 h 30. Je me demande si le Top Gang aura préparé une petite fête surprise pour mon retour ! Comme on est déjà à la moitié du trimestre, je vais enfin quitter mon statut de lépreuse

exclue. Et donc, ha, ha, ha, ha. Rira bien qui rira… euh… beaucoup. Pitoyable, la Mère Fil-de-Fer pensait m'exclure une semaine du collège et par voie de conséquence de vacances, ça fait deux semaines en tout !!!

22 h 00. Dans « mon » (laissez-moi rire) lit en compagnie des habitués. J'ai nommé : Libby, la Barbie plongeuse sous-marine, le nounours borgne, le camion-citerne et Panda le Punk (Libby lui a rasé la tête). Bref, tout le contenu de son coffre à jouets de voyage, à cette différence près que, pour fêter les vacances au Pays-du-Loch-Ness-et-Monstre-du, l'enfant a remplacé Charlie le cheval par Jimmy. Et pour ne rien vous cacher, Jimmy est une panse de brebis farcie coiffée d'un foulard. Inutile de m'interroger sur la question, je n'ai pas la réponse. Libby a confectionné Jimmy cet après-midi et c'est son chéri-chéri.

Je tiens à souligner pour ceux qui auraient zappé l'information que je dors avec une panse de brebis farcie surmontée d'un foulard.

Mercredi 27 octobre

6 h 00. Debout. Valise archifaite. Je me suis introduite dans la chambre des parents, histoire d'accélérer le mouvement, mais Vati m'a jeté une pantoufle à la tête.

9h00. Pas trop tôt !!!!!!! Dans un avenir qui se rapproche vertigineusement, je serai dans les bras de mon Super-Canon. Enfin. Pas dommage. Merci, Seigneur. Et d'ailleurs, Jésus, je Vous aime. Si, si, c'est vrai. J'insiste.

Oncle Eddie, James et Grand-Père sont repartis dans la dingomobile. Je précise qu'oncle Eddie avait son chapeau-cornemuse vissé sur la calvitie, mais je m'en fichais comme de l'an quarante. Parce que, avec ou sans couvre-chef ridicule, ils étaient partis, partis, *partito*, *partiti*. Bon débarras et youpi !!!! Avec un peu de chance, je ne me faderai plus jamais le trio infernal.

Au moment du départ, Arrow a balancé un regard bourré de larmes dans la voix à Angus. C'est clair que la vie va lui sembler bien terne sans son collègue à pattes diplômé es bêtises. Angus et Arrow, *Los Dos Amigos Cinglados*. Angus ne s'est même pas retourné. Il a foncé droit dans la voiture mettre une raclée au tapis de sol.

11h00. Ma vie trop merveilleuse se poursuit avec un nouveau pensum : environ quatre-vingt-douze siècles coincée avec les parents dans l'auto qui nous ramène vers la civilisation.

Libby a réussi à convaincre Mutti de rapporter Jimmy chéri-chéri à la maison et donc le machin fait partie du voyage.

13 h 00. Nom d'une souris voltigeuse, Angus a profité de l'arrêt pipi à la station-service pour boulotter la moitié de Jimmy.

En constatant le désastre anthropophagique, Libby a crisé grave et Angus s'est pris un méchant pain avec la Barbie plongeuse sous-marine. Mais je doute que la chose ait ému le monstre parce qu'il n'y a pas eu de pause dans la turbine à ronron. Maintenant, je ne pourrais rien vous dire de la traversée des Midlands. Vati s'est lancé dans un exposé circonstancié de ses projets d'avenir et j'ai sombré illico dans un coma profond. Quand j'ai fini par émerger, Libby et Angus étaient en train de finir Jimmy.

Trop dégueu tous les deux.

Pourvu, pourvu, pourvu que mon Robbie m'appelle en arrivant.

18 h 00. Maison !!!!!!! Merci, merci, merci, petit Jésus. Je suis trop contente. Plus jamais je ne critiquerai ma petite maison chérie.

18 h 15. J'avais oublié à quel point on se faisait tartir dans ce bled. Il ne se passe strictement rien.

18 h 30. Pas le moindre appel.
Toutes mes soi-disant copines ont sans doute

oublié que je n'étais pas morte. Ça ne les intéresse donc pas de savoir où j'étais fourrée pendant cinq jours ?

19 h 55. Jas, Jools, Ellen, Rosie, Mabs et Soph sont toutes sorties. Le Top Gang au complet est parti se faire une toile sans son membre le plus éminent, moi.

Ce que les gens peuvent être égocentriques. Puisque c'est comme ça, je vais me taper toutes les sucreries que je leur ai rapportées du Pays-du-Loch-Ness-et-Monstre-du.

20 h 25. Au lit.

Burp. Je suis limite sur le point de dégobiller. Merci de ne plus jamais évoquer le sablé écossais devant moi. Jamais.

21 h 00. Bien au chaud dans mon petit lit. J'ai poussé ma table de nuit contre la porte, histoire d'avoir un peu d'intimité.

Cette fois, le manque de bécots est atroce.

21 h 05. Il faut que je le voie. Il le faut.

22 h 00. Barricade défaite, fille descendue à la cuisine pour cause d'agitation excessive.

Angus est en train de rendre les parents complètement chèvres. Le félidé est interdit de sortie de nuit tant qu'il ne s'est pas calmé au chapitre Naomi, sa bombe birmane. À la moindre tentative de rapprochement avec l'objet aimé, le monstre est bon pour le sécateur. N'empêche, j'aimerais bien rencontrer le véto qui pourrait se charger du sale boulot sans perdre l'usage des deux bras.

Angus gratte à la porte comme un damné en miaulant à s'en déchirer les cordes vocales. L'idée, c'était de l'inciter à faire ses petites affaires de chat dans la caisse mise à sa disposition dans la buanderie, mais le projet ne l'intéresse pas. Il reste scotché devant la porte d'entrée en espérant pouvoir filer. Et, pour ce faire, il a entrepris une destruction massive de la chose avec force gémissements, entrecoupés de léchouillis de derrière.

Intervention de Libby.

– Viens, mon gros minou, je vais te montrer.

Et là, les yeux me sont tombés des orbites, l'enfant est allée faire pipi dans la caisse à chat. Beurk, beurk !

Avec ce commentaire :

– C'est chou !

Trop génial. Maintenant, il y a fort à parier que le service pipi et Cie pour gens ne convienne plus à Libby et qu'elle réclame une caisse à chat.

Vati, alias Super-Dingo, a pris la relève des opérations.

– Je m'occupe de la foutue bestiole.

Et le voilà qui entreprend de traîner le monstre jusqu'à la buanderie dans l'espoir (illusoire) de l'initier à la caisse. Il a bien fallu une bonne demi-heure au père de famille pour arriver à destination, avec usage de pelle à l'occasion. Bref, une fois la mission « atteindre la buanderie » accomplie, on a eu droit à un super concert de jurons et de miaulements. Et même pas deux secondes plus tard, Vati ressortait, entièrement recouvert de litière pour chat, pilosité barbale comprise. Style abominable homme des caisses.

22 h 30. Résultat des courses, qui s'est coltiné la promenade de chat en laisse ? Bibi. Fallait bien calmer le monstre. Il avait réduit à néant quatre rouleaux de P.Q. La force de la bête, je ne vous raconte pas. On ne peut pas dire qu'en temps normal l'animal soit chétif, mais l'amour lui file la pêche d'une bonne dizaine de super matous. À peine la porte entrouverte, le monstre m'a arrachée du sol, direction : chez Naomi. Les Porte-en-Face ont quasiment entouré leur jardin de barbelés mais on arrive encore à voir la maison. Et devinez qui était assise sur le bord de la fenêtre de la cuisine, toute rêveuse ? Naomi. La bombe birmane avait l'air total morte de désir. Comme moi. Style avec la lèvre qui avance toute seule

et rien à bécoter. Pauvre petite chose velue ! Angus a commencé à donner de la voix et à faire le tout bizarre frissonnant. Dès que Naomi a aperçu son bien-aimé, elle s'est couchée sur le dos illico, la foufoune aux quatre vents. Drôlement dessalée, la Birmane, si vous voulez mon avis. Pas étonnant qu'elle ait mis Angus minable. On est pile poil dans le schéma garçons-filles ! J'aurais mis ma main à couper que dans son chez-lui Robbie se mettait dans le même état qu'Angus en pensant à moi.

22 h 40. Cependant, j'ose espérer qu'il ne se frottait pas le cucul à une poubelle.

22 h 50. On aurait pu y passer la nuit si, fort heureusement, le Père Porte-en-Face n'avait fini par tirer les rideaux et que j'avais réussi à ramener Angus à la maison en l'appâtant avec un vieux bout de saucisse. La bête avait un tel cafard que je n'ai pas eu le cœur de l'enfermer dans la cuisine. Je l'ai même laissé dormir dans mon lit alors que la chose est strictement *verboten*.

Mais avec sermon pour chat.

– Sois sage, Angus. Couche-toi et dors.

Le monstre était trop câlin. Style coups de langue râpeuse sur la figure accompagnés de ronrons intempestifs. Qu'est-ce que je disais ?

Il suffit simplement de faire preuve d'un peu de compréhension.

Aahhh. Quel bonheur d'avoir un poteau fidèle monté sur pattes. Un peu plus fidèle que certaines que je ne nommerai pas.

Jas.

22h55. Rosie, Jools, Ellen.

23h00. « Bonne nuit », mon Super-Canon. Où que tu sois.

Minuit. Vati a piqué *the* crise au beau milieu de la nuit.

L'ancêtre hurlait en boucle, style delirium très mince :

– C'en est trop ! C'en est trop !

Et j'entendais Mutti qui essayait de le calmer :

– Bob, Bob… pose ce couteau, tu veux.

Est-ce que, par hasard, les fusibles de Vati auraient fini par fondre et que nous nous trouvions dans la regrettable obligation de le placer dans un asile de Vatis ?

Minuit quinze. Angus a fait popo dans le tiroir à cravates de Vati ! C'est à se faire pipi dessus. Dommage, El Barbido n'a pas capté la blague. Pas étonnant. Le père est descendu à la cuisine enfermer le monstre qui crachait tout ce qu'il savait. Son forfait fait, Vati m'a déboîté le tympan en hurlant :

– Cette fois, c'est décidé. Demain, je vais chez le véto.

– Pourquoi ? Tu as la petite forme ?

Inutile de préciser que mon humour cinglant lui a échappé. Comme de juste.

FESTIVAL DU BÉCOT

Jeudi 28 octobre

10 h 00. Toute la petite famille était en train de prendre son merveilleux petit déjeuner composé de… euh… rien, quand Vati m'a sorti :

– Dès que j'arrive à avoir un rendez-vous chez le véto, je lui fais raccourcir la cheminée.

Nom d'une sauterelle à soufflets, de quoi parlait-il au juste ?

11 h 00. J'ai beaucoup trop de sujets de préoccupations personnelles pour me soucier de cheminées. À l'heure qu'il est, je sens l'arrivée imminente d'une pustulette intrapif. Urgence salle de bains. Urgence salle de bains.

11 h 15. Me trompe-je ou le gène de l'orang-outan est de nouveau en train de poindre son

immonde nez ? J'ai la pilosité sourcilière tellement développée que je vais bientôt friser les : « Tiens, une moustache ! Tiens, un hérisson !! Oh, pardon, Georgia, c'étaient tes sourcils, j'avais pas vu. »

Et vous croyez que cette affaire de poils se limiterait à ma figure ? Pas du tout. Je viens de faire une rapide inspection des membres inférieurs et que constate-je ? Que j'ai comme un fute en fourrure. Ni plus ni moins.

Le rasoir de Vati me lance des signaux que je reçois cinq sur cinq. « Viens, Georgie, rase-toi. Tu sais que tu le veux. » Mais non, je ne céderai pas à la tentation. Je me souviens trop bien de ce qui s'est passé la dernière fois que j'ai rasé mes sourcils par inadvertance. Ils ont juste mis douze mille ans à repousser.

Ho, ho ! En revanche, pourquoi ne pas tenter la crème dépilatoire de Mutti ? Juste une petite noisette de-ci de-là.

Midi. Mutti vient de me demander si je voulais les accompagner au bowling ! Franchement ! Les parents ont embarqué leur petite dernière dans leur folle équipée et, si je ne m'abuse, ils se tenaient par la main. Chou, non ? Enfin, je suppose. Car personnellement, en ce qui me concerne, j'aimerais autant que ça ne me file pas autant envie de dégobiller.

Midi et demi. Jas a fini par rappliquer. Enfin. J'en avais gros sur la patate. Primo, il y avait la soirée ciné de la veille et, deuzio, elle aurait pu venir plus tôt quand même. Miss Lâcheuse s'est allongée direct sur mon lit. Total, j'avais une vue imprenable sur sa culotte méga couvrante.

Moi :

– Tu ne m'en voudras pas ma vieille, mais je ne me sens pas en top forme. Je dois être en total décalage horaire, rapport à mon retour d'Écosse.

Commentaire de ma meilleure copine :

– T'es même pas bronzée.

Qu'est-ce que le point ? Je lui ai lancé un regard atrocement noir mais elle n'a pas tilté. Ça vous étonne ? Non, Miss Frangette a juste continué à user mon mascara. Et le truc horripilant, c'est qu'elle ne peut pas s'empêcher de faire la pulpeuse quand elle se regarde dans la glace.

Jas :

– C'était super le cinoche hier soir. On s'est bien marrés. Dave, c'est vraiment… tu vois quoi… (pulpe, pulpe).

– Vraiment quoi ?

– Ben, tu sais… (pulpe, pulpe)… la marrade.

Je me suis abstenue de lui balancer un truc méga cinglant dans la tronche ou, bien plus ennuyeux, de lever un sourcil ironique car je n'avais pas la plus petite envie d'attirer son attention dessus. Il faut être honnête, je n'ai pas vraiment obtenu le résultat escompté avec la crème dépilatoire de Mutti. Et, pour ne rien vous cacher, j'aurais même plutôt l'air de la fille qui s'est pris un pétard dans le derrière. Mais pour profiter du spectacle il faut soulever ma frange. Risques limités, donc.

Bref, de toutes les manières, il faudrait que j'aie pris feu pour que Jas s'arrache à son auto-contemplation. La pauvre fille était carrément en boucle.

– Au fait, Gee, tu crois que je devrais me faire couper les cheveux style super courts derrière et vachement plus longs devant ? Qu'est-ce que tu en penses ?

Je m'en contretamponnais gravement, mais je sais par expérience que si on ne laisse pas la chose délirer une heure ou deux sur sa petite personne, on n'a aucune chance d'aborder le sujet « je ». Donc, ça délirait.

– Tu sais quoi ? Ellen est folle de Dave la Marrade.

– Ah.

– D'ailleurs, elle est restée dormir à la maison. On a parlé jusqu'à quatre heures du mat'. Tu m'étonnes que je sois fatiguée.

– Dis donc, ma vieille, c'est vraiment super que tu aies une nouvelle copine goudou, mais en quoi ça me concerne au juste ?

– Ellen n'a pas dormi dans mon lit.

– C'est toi qui le dis.

– C'est vrai.

– Il y a pas de raison d'avoir honte, tu sais. Si tu as envie de marcher à voile et à vapeur, ça te regarde. En plus, je suis sûre que ton Tom sera méga compréhensif si tu lui expliques que tu es bisexuelle.

– Ça suffit. Boucle-la. Tu n'es pas obligée de passer ta mauvaise humeur sur moi sous prétexte que Robbie ne t'a pas appelée.

Bien vu. Miss Frangette est tombée pile dans le mille. Ce qui est fort regrettable. Je me sens total coincée style comme dans *Cell Block H*, la série australienne qui se passe dans une prison pour femmes. Alors j'ai fait :

– Allez, on met la musique à fond et on danse comme des bêtes.

On s'est fait un numéro trop génial. J'explique. Prem'se : on agite la tête de concert. Deuze : on balance la jambe en tournant sur nous-mêmes. Troize : on saute sur le lit. Quatre : on donne un poutou à nounours, et cinq : on remet ça avec le truc de la tête. Je commençais tout juste à reprendre goût à la vie quand il a fallu qu'un fâcheux vienne tout gâcher. Comme d'hab'. Une absence, j'avais totalement zappé le retour de Super-Dingo. Le voilà qui montait l'escalier en hurlant des « nom de Dieu » toutes les trois marches avant d'en rater une ou deux et de reprendre ses vociférations.

– Georgia !!!!! Tu es sourde ou quoi ? Éteins-moi ce boucan immédiatement. On l'entend du bas de la rue !!!

– Pardon ? Tu peux répéter ? La musique est trop forte. Je ne t'entends pas.

Jas et moi, mortes de rire. El Barbido beaucoup moins.

16 h 00. Ma prétendue meilleure amie est rentrée chez elle faire ses devoirs. Si c'est pas malheureux. Et, pour couronner le tout, elle bûche avec Craquos, son « petit ami ». L'enfer aura tourné patinoire pour givrés que je ne ferai pas mes devoirs avec Robbie. Les Super-Canons et leurs copines ont d'autres lapins à fouetter. La vie est trop courte.

J'ai eu beau essayer de faire comprendre à Miss Frangette l'étendue du désastre de sa vie, tout ce qu'elle a trouvé à répondre, c'est :

– Je veux réussir mon contrôle d'allemand.

Je me suis littéralement fait pipi dessus. Mais trop consternant, ce n'était pas une blague.

Moi :

– C'est complètement ringard d'être bonne en allemand.

Toute vexée, la première de la classe.

– Tu dis ça parce que ça ne risque pas de t'arriver.

– C'est *nicht* vrai, ma petite vieille. *Ich bin guten* en allemand.

Mais rien n'y a fait, Miss Culotte-Bûcheuse-Méga-Couvrante a quand même mis les voiles. Hmmm.

17 h 00. Après le bowling, le cinéma. Toute la petite famille est repartie se payer du bon temps. Ils ne se refusent vraiment rien.

Et Georgia, pendant ce temps-là, qu'est-ce qu'elle fait ? Elle est toute seulette. En plus, il fait drôlement frisquet de la nouille, comme dit le désopilant frère d'Ellen quand il fait froid. Vous appelez ça une vie ?

Ça fait un jour et une nuit que je suis rentrée et Robbie ne m'a toujours pas appelée. Pourquoi, mais pourquoi ? Je pose la question.

J'en ai marre, marre, marre.

17 h 10. Si c'est comme ça, je ferais aussi bien d'aller me coucher et de laisser pousser mon bouton.

17 h 20. Téléphone. À tous les coups, c'était Jas qui voulait de l'aide pour ses devoirs.

J'ai hurlé dans le combiné :

– *Jahwohl !*

17 h 22. Super-Canon me propose de venir le retrouver chez lui. Ses parents sont sortis. Je viens d'atterrir brutalement sur la planète Bonheur !!!!!!

17 h 30. Enfilage de jean puis passage à la phase maquillage avec option look total naturel (brillant à lèvres, eye-liner, mascara et blush). Sans oublier de dissimuler ma pustulette intrapif sous une couche de fond de teint en stick. Impossible de localiser l'abomination à moins de m'ausculter le fond de la narine. Et on se demande bien quel crétin ferait une chose pareille. Une ultime vérification et j'ai filé.

Devant chez Robbie

18 h 00. J'ai traversé le jardin en respirant à pleins poumons l'air chargé d'essence super canonesque et j'ai sonné.

Je ne vous raconte pas le cœur.

Ouverture de porte.

Super-Canon.

Lui-même.

En personne.

Dans son sublime jean noir plus le machin qui va avec en haut. Plus les trucs trop fabuleux qui lui servent de bras. Plus les bidules munis de pieds au bout, et le machin divin avec les lèvres dessus, et tout le reste, top top top. Le garçon est TROP craquant. À chaque fois, c'est le choc. Il m'a souri. Ooooooooh.

– Georgia... Comment tu vas ?

Très bonne question. Excellente question même, je dirais. Et le plus beau de tout, c'est que je connaissais la réponse. Que je vous livre, la réponse était : « Super, et toi ? » Mais trop dommage, tout le sang que je stocke habituellement dans le cerveau était parti se reposer quelques jours dans mes joues. Total, dans la zone cervicale, ça sonnait furieusement le vide et dans la zone faciale, c'était le total fard. Bref, j'avais complètement perdu l'usage de la parole et sans doute de beaucoup d'autres facultés, puisque la seule chose dont je semblais capable était de faire la toute cramoisie. Je n'ose même pas imaginer ce que ça donnait sur le plan séduction.

Pendant ce temps-là, Robbie me regardait en souriant. Non, mais le sourire, trop fondant. Plein de courbes et de déliés, style le sourire qui dit que je lui plais vraiment, quoi. Snack, snack.

Suite des événements, Dieu sur terre me fait entrer dans la maison et il referme la porte derrière moi. Puis j'étais là comme une cruche à mobiliser tous mes efforts pour essayer d'évacuer la rougeur envahissante quand le voilà qui me prend dans ses bras et me donne un tout petit baiser très doux sur les lèvres. Mais sans intervention de langue (numéro trois sur l'échelle des choses qu'on fait avec les garçons). Moi, je m'étais mise immédiatement en mode bécot bien sûr et donc, quand le baiser a pris fin, j'avais encore la bouche style légèrement entrouverte et un rien proéminente. Dieu me tripote, j'espère que ça ne faisait pas trop poisson rouge effarouché.

Puis la séance bécots a repris. Cette fois, Super-Canon a mis plus de fougue que dans le premier baiser et il n'a pas lésiné sur le temps de pause. Sa bouche était méga chaude et humide (je n'ai pas dit mollusque non plus) et je précise qu'il avait glissé une main sous ma nuque. Ce qui, de mon point de vue, était une excellente initiative dans la mesure où ma tête aurait aussi bien pu tomber. Fin du bécot traditionnel et début des petits bécots-ventouses de la base du cou jusqu'à l'oreille. Géant !!!!! J'aurais pu y consacrer le restant de mes jours si Super-Canon n'était passé à quelque chose d'encore plus dément. Écoutez bien. Avec une douceur rarement rencontrée sous nos latitudes, il a introduit sa langue dans mon oreille !!! Comme je vous le dis. Du bécot d'oreille !!!! Mortel.

Après quoi, il n'est pas impossible que j'aie également perdu l'usage de mes jambes car je me suis brusquement retrouvée sur le canapé.

22 h 00. Voilà, c'est fait, j'ai déménagé sur la planète Amour. Journée au-delà du delà du trop bien. Robbie est le Super-Canon de l'univers. Voire plus.

Descendue à pas de loup téléphoner à Jas.

– Jas.

– Ben, pourquoi tu parles tout bas ?

– Parce que Mutti et Vati sont dans le salon et que je ne veux pas qu'ils entendent que je t'appelle.

– Je vois.

– J'ai passé un après-midi dément. Je…

– Ben, pas moi. Tu sais quoi, j'arrive pas à me décider pour mes cheveux. À ton avis, qu'est-ce que je fais ? Je me les fais couper pour le concert ou pas ? En fait, c'est plutôt cool de les avoir longs. Mais d'un autre côté, c'est cool de les avoir courts aussi. Total…

– Jas, c'est à moi de parler.

– Comment tu le sais ?

– Je le sais.

– Je vois.

– Demande-moi ce que j'ai fait cet après-midi ?

– Pourquoi ? Tu as oublié ?

Et là, elle se met à pouffer stupidement. Forcément, j'ai oublié l'affaire du chuchotis et j'ai hurlé dans le combiné :

– Jas !!!! Je suis allée chez Robbie.

– Non !!!

– Comme je te le dis.

– *Sacré bleu !*

– *Le jour d'hui.*

– Alors, raconte.

– Tu ne peux même pas imaginer tellement c'était top. Bref, je te résume. On a beaucoup parlé et puis on s'est bécotés. Ensuite, il m'a fait un sandwich et on s'est re-bécotés. Et pour finir, il m'a mis un disque et il y a re-re-eu bécots.

– Résultat des courses, c'était…

– Tu l'as dit… le festival du bécot.

– *Sacré bleu!*

On aurait dit que Jas était en train de réfléchir, ce qui, primo, est inhabituel et, deuzio, fout carrément la pétoche.

J'ai continué mon récit :

– Donc après le re-re-bécots, il s'est passé un truc vraiment pas banal. Super-Canon était en train de me faire écouter la maquette de son disque et… que je t'explique, on était debout tous les deux, lui derrière moi, les bras autour de ma taille…

– Oh, oh…

– Je sais, je sais. Bref, à un moment, je me suis retournée et là, il a fait un genre de bond en arrière, style je bondis en arrière.

– Tu crois qu'il dansait ?

– Non… Tu veux que je te dise ce que j'en pense ? Je te parie qu'il a eu les chocottes de se faire assommer par mes nunga-nungas.

Et là, je ne vous raconte pas le fou rire de hyènes empaillées des filles.

Dans ma chambre

22 h 20. Vati m'a obligée à raccrocher avec Jas. Le tout assorti du sermon spécial : « On n'est pas des vaches à lait » qu'il me serine depuis 1846.

23 h 00. Remise à jour des niveaux de cotation des choses qu'on fait avec les garçons :

1. Main tenue
2. Prise dans les bras
3. Baiser en se quittant le soir
4. Baiser qui dure plus de trois minutes sans reprendre son souffle
5. Baiser bouche entrouverte
6. Bécot avec la langue

6 1/2. Bécot d'oreille

7. Caresses sur la partie supérieure du corps en extérieur
8. Caresses sur la partie supérieure du corps en intérieur (au lit)
9. Activité en dessous de la taille
10. La totale

Vendredi 29 octobre

11 h 10. J'ai rêvé que Robbie me faisait manger des sandwichs au chocolat. Plutôt agréable comme affaire. Mais ensuite, le rêve dérape. Super-Canon se met dans l'idée

de me grignoter les oreilles, style j'ai un petit creux, et au bout du compte il les boulotte complètement, pavillons compris. Après ça, pour une raison que j'ignore totalement, on se retrouve à un méga concert dans le Sud de la France et il y a tellement de soleil que je sors mes lunettes. Et là, au moment où je veux les mettre, pof ! elles tombent par terre et vous savez pourquoi ? Parce que je n'ai plus d'oreilles !!!!

Je me demande quelle est la signification de ce rêve. Il se pourrait bien que l'explication soit que j'ai chopé la dingue de l'amour. Voilà.

Hallucine-je ou il fait de nouveau super frisquet de la nouille ? Ah, c'est donc ça, il a neigé cette nuit. Ceci explique cela.

Quand je suis sortie du lit tout à l'heure, avec le froid, mes bouts de sein se sont mis à pointer sauvagement à travers ma chemise de nuit, comme ça m'était déjà arrivé une fois. À mon grand dam. Il faut se rendre à l'évidence, je n'ai pas le total contrôle de mon corps.

Et alors ?

18 h 00. Journée passée à léviter sur un nuage rose, ponctuée de quelques redescentes sur terre pour essayer de récupérer mes culottes dans le panier d'Angus avant que le monstre

ne les réduise en confettis. Il est d'une humeur de chien. Il passe son temps à grimper aux rideaux tel le Tyrolien, mais version fourrée. Je me demande ce qu'il a.

Devant la télé

21h00. L'émission s'appelle *Changing Rooms*. Vous allez voir le concept. Une bande de sadiques se pointe dans une maison qui n'est même pas à eux et ils changent la déco du salon des gens. Une supposition qu'ils aient choisi le style aquatique, ils vont recouvrir les murs de plastique à bulles, par exemple. Le truc qui me scie les pattes, c'est qu'il n'y a pas de violence.

21h10. Téléphone. Oh, non, ne me dites pas que... C'est tout juste si je n'ai pas arraché l'appareil du mur.

Ce n'était que Rosie qui voulait savoir ce qu'on faisait demain. Je n'entendais que couic tellement la musique était forte derrière elle.

Rosie :

– Salut, ma Gee, ô toi, créature terrestre... Sven !!!! Adorable dingo norvégien, tu serais chou de baisser la musique, s'il te plaît.

Ensuite, il y a eu des rires et des bruits de pas dans le combiné et enfin on a pu s'entendre.

Rosie :

– Dis donc, Gee, d'après Jas, il paraîtrait que tu as eu droit à du bécot d'oreille hier. Tu confirmes ?

Encore merci, Radio Jas.

Samedi 30 octobre

10 h 30. Coup de fil à Jas pour décider de l'endroit où le Top Gang se retrouve aujourd'hui et définir l'ordre du jour.

J'ai décidé de la jouer à la française (rapport à mon statut d'amoureuse).

– *Le bon jour*, Jas. C'est *je, ton grande copain.*

– Ah, *le bon jour.*

– Ah, *le pareil.* Je viens de *dévorer* mon petit déjeuner. Je *dévore* le *délicieusement* toast et le café de *Mme Nescafé.*

– *Le splendeur.*

– *De rigueur.*

On se retrouve toutes à une heure au QG du Top Gang (le café Luigi). Je vous livre le programme de l'après-midi, voté à l'unanimité : essayage massif de maquillage chez Boots. Trop dommage, j'ai à peine un tout petit billet de cinq livres à dépenser. Pourvu que Vati parvienne rapido à convaincre un pauvre nase de lui filer un boulot sinon, au train où ça va, je vais me retrouver à court de brillant à lèvres.

11h00. Nom d'une libellule ventriloque, c'est carrément opération suicide de vouloir entrer dans la cuisine. Angus n'est pas à prendre avec des pincettes, c'est le moins qu'on puisse dire. Moi, je l'ai pris avec une poêle, histoire d'accéder au frigo sans me faire défigurer.

De toutes les façons, lalalalalalalalère.

Midi. Comme je suis toujours sur mon nuage rose, j'ai opté pour une tenue décontractée à la française. (Grosso modo, la même chose que la décontractée sport que je vous résume : corsaire noir, haut noir à col roulé, boots. Sauf que, dans la version à la française, il faut insister sur l'eye-liner.)

Le festival du bécot conjugué à ma nouvelle françosité m'ont rendue très amène avec mes frères humains. J'ai même salué le Père Porte à-Côté en sortant, c'est vous dire. Et, bien sûr, qu'est-ce que le surchargé pondéral a cru bon de répondre ? *Tss tss tss*. Tu peux bien faire tous les *tss tss tss* que tu veux, gros cucul, rien ne viendra entamer mon humeur de rêve. Je vous ferai dire que la branche mâle des Porte-à-Côté était accoutré du fute le plus dément de la terre. Description : le machin partait pile sous les dessous-de-bras et j'aurais juré qu'il avait été coupé dans de l'éléphant. Dernière précision, le Père Pattes-d'Eph était armé d'une binette.

Il m'a fait :

– J'espère que ton chat sauvage est sous clef. Il serait vraiment temps de prendre les mesures qui s'imposent.

Non, mais c'est dingue, personne n'a d'humour dans ce quartier ou quoi ? Que le Père Porte-en-Face apprécie moyen qu'Angus veuille se faire la belle avec Naomi, je comprends. Mais de quoi au juste se plaint le Père Pattes-d'Eph ?

En tout cas, il y a un truc que les deux voisins irascibles loupent de conserve, ce sont les formidables qualités du monstre. D'un point de vue strictement félin, Angus a été très bien doté par la nature. Exemple : son remarquable sens de l'équilibre. Rien que le mois dernier, le monstre a coincé les immondes caniches du Père Porte-à-Côté, Snowy et Whitey, dans le tas de fumier, histoire de se payer un petit tour à dos de chien. J'explique : une fois les deux machins jappeurs bien rangés comme il voulait, le monstre a sauté du mur sur Snowy. Et à dada sur mon petit poney !

D'après vous, il y a combien de chats capables de faire de la voltige à dos de canidés à bouclettes ?

Midi et demi. Figurez-vous que j'attendais le bus pour rejoindre les copines quand deux types en voiture m'ont klaxonnée (oh, oh). Il faut se rendre à l'évidence, j'ai tourné aspirateur à garçons.

Et puis voilà que Mark Grosse-Bouche ramenait sa fraise. Mark Grosse-Bouche, c'est le garçon avec lequel j'ai commis l'impair de sortir dans ma jeunesse. Bon d'accord, il y a dix mois. Bref, le Mark en question faisait le Jacques à l'arrêt du bus avec des poteaux pas vraiment raffinés. Pas trace de sa microscopique copine. Si ça se trouve, il l'avait égarée.

Non, mais la taille de la bouche, c'est à peine croyable. Quand je pense qu'il m'a bécotée avec ce machin. Et qu'il s'est même permis la privauté de poser la main sur mon flotteur gauche. Allez, allez, du passé faisons table rase. Au jour d'aujourd'hui, mes flotteurs sont à l'abri de ses pattes baladeuses. Personnellement en ce qui me concerne, je suis la copine d'un Super-Canon et, tout compte fait, Grosse-Bouche sort avec une naine. Total, pleine de mansuétude, je me décidai à lui sourire quand Surdéveloppé du groin choisit précisément ce moment pour sortir à ses potes :

– T'en dégotes pas des comme ça tous les jours sous le sabot d'un cheval.

Et vous savez de quoi il parlait ? De mes nunga-nungas ! Les gros bras étaient morts de rire.

J'ai fait ni une ni deux, je me suis drapée dans ma dignité jusqu'à l'arrivée du bus. Et, une fois montée dedans, je préfère vous dire que je me suis assise aussi loin que possible des hooligans.

12 h 45. Je ne vous raconte pas comme j'étais soulagée de voir le bus arriver à mon arrêt. Restait l'épreuve de passer à côté des demeurés. Une seule option : la courbure maxi des épaules qui permet aux nunga-nungas d'éviter de parader inconsidérément.

12 h 50. Je viens de voir mon reflet dans la vitrine d'un magasin. Il n'y a pas l'ombre d'un doute, c'est Quasimodo en minijupe.

13 h 00. Rosie, Ellen, Mabs, Jools et Jas m'attendaient déjà chez Luigi ! Yessssss ! Tous aux abris, le Top Gang est de retour !!!!! On avait des milliards de sujets méga importants à discuter, style maquillage, bécotage et, bien sûr, bérets. Il faut dire qu'il y a du mou dans la corde à nœuds au chapitre béret ce trimestre. Même la version garde-manger a perdu de son charme. C'est dire.

Rosie :

– L'autre jour, je suis passée juste à côté de la Mère Stamp avec le béret fourré à l'orange et à la banane, et elle n'a même pas sourcillé. Il faut faire quelque chose, non ?

Devant le désarroi de Rosie, j'ai eu un éclair de ce truc… comment ça s'appelle déjà ? Ah, oui, de génie.

– Mes *énormes copains*, j'ai accordé deux secondes de réflexion à ce grave problème et j'ai la réponse.

Pleins feux sur Georgia.

Jools :

– Alors, vas-y. Accouche.

Je suis allée pêcher mon béret et mes gants dans mon sac à dos et je les ai posés sur la table.

– Voilà.

Regard interrogateur du Top Gang. Non mais sans blague, autant parler à des total sourdes.

J'ai donc répété pour les malentendantes :

– Voilà… Je vous présente la bête à gants !!!!

Rosie :

– Ça t'ennuierait de nous dire de quoi tu parles au juste ?

Nom d'une licorne à lunettes, c'est positivement éreintant d'être, d'une main, la copine d'un Super-Canon et, de l'autre, un génie.

– La bête à gants !!!! Une façon de s'habiller qui permet d'allier confort et praticabilité grâce à la compilation foudroyante du béret et des gants. J'explique. On accroche un gant avec une pince au-dessus de chaque oreille et on enfonce le béret sur le tout.

Explication suivie illico d'une démonstration avec accessoires (au risque de m'aplatir gravement le cheveu).

– Et voilà, la bête à gants !!!!

Le splendide. Tout le monde en conviendra, non ?

20 h 00. De retour dans ma petite maison pour savourer un bon petit dîner… Erreur.

Mutti, Vati et Miss Foldingue sont encore sortis. Pas grave, on n'est jamais seule quand on vit sur la planète Amour.

Si c'est pas malheureux. Angus est attaché à la table de la cuisine ! Je me suis penchée pour lui faire un câlin, histoire de lui remonter le moral, mais la réaction du monstre n'a pas été franchement cordiale. Si vous voyez ce que je veux dire. Figurez-vous qu'il garde jalousement un slip kangourou de Vati dans son couffin. Nom d'une cigale introvertie, il a atteint le tréfonds du désespoir ce coup-ci. Sa Naomi lui manque atrocement. Je sais exactement ce qu'il ressent. Une minute sans Super-Canon dure au bas mot pas moins de soixante secondes.

21 h 10. Ooooohhhhh. Une supposition que Super-Canon soit là avec moi, on pourrait faire travaux pratiques bécot d'oreille.

23 h 30. Demain, c'est Halloween.

Impossible de dormir. Libby a fourré sa citrouille dans mon lit.

N'empêche, je devrais m'estimer heureuse qu'elle ne m'ait pas refourgué dans le même temps son balai et…

– Non, Libby, non. Pas le balai et…

– Bouge, vilain garçon.

Dimanche 31 octobre

Halloween

10 h 30. Je n'avais pas posé le pied par terre que j'avais déjà mis Vati en rogne. Facile, j'ai fait celle qui croyait qu'il s'était déguisé pour Halloween. Note, son gilet en laine Marks & Spencer et son fute spécial week-end sont carrément flippants. Pour de vrai. Mais comme de juste, la chose lui échappe.

Libby ne touche plus terre. Ses petits poteaux du jardin d'enfants viennent tous cet après-midi à la maison pour des affaires de pommes, de lanternes et autres joyeusetés halloweeniennes.

11 h 00. Dans un rare moment de lucidité, Vati est allé plaider la cause des attributs virils d'Angus auprès des Porte-en-Face. Le père de famille est rentré de mission la mine réjouie.

– Tu sais, Connie, je vais voir ce que je peux faire avec la clôture. Peut-être qu'en l'arrangeant un peu on pourrait éviter à Angus de se faire ratiboiser les noisettes.

Ratiboiser les noisettes ? Non, mais il habite sur quelle planète ?

Et voilà Vati qui se jette la tête la première dans sa caisse à outils. Ah, si seulement il pouvait dégoter un boulot, il nous épargnerait le bricolage.

Intervention de Mutti affolée.

– Bob, tu ne veux pas demander à un professionnel de s'occuper de cette clôture ? Tu viens tout juste de te remettre de ton accident.

Très père de famille pour le coup, le Vati.

– Excuse-moi, Connie, mais je sais quand même réparer une clôture.

Fou rire immédiat de la gent féminine. Bonne fille, j'ai prêté main-forte à Mutti.

– Dis, papa, tu te souviens de l'épisode du pied qui a traversé le plafond du grenier la dernière fois que tu y es monté ?

– Il y avait une faiblesse dans la toiture.

– Tout juste Auguste, c'était toi.

– Ne sois pas insolente.

N'empêche, j'ai raison. L'électricien qui est passé réparer le frigo après sa spectaculaire explosion (suite à une « réparation » de Vati) a prévenu Mutti qu'elle vivait avec un dingue.

Et si je ne m'abuse, la cabane de jardin a bien dégringolé sur la tête d'oncle Eddie. La faute à qui?

C'est toute la tristesse des adultes. Il est toujours trop tard quand ils finissent par piger.

En voyant Vati se diriger droit vers le placard du dessous de l'escalier, Mutti m'a jeté un regard implorant. J'étais censée faire quoi? Après tout, c'est son mari. C'est à elle de le tenir. Quand le bricoleur est ressorti du placard armé d'un marteau et d'une scie, je lui ai quand même dit :

– On se retrouve plus tard aux urgences, d'accord?

L'homme a laissé échapper une bordée d'injures fleuries.

Maintenant que j'y pense, Mutti espérait peut-être secrètement que Vati se blesse vraiment. Si on va par là, ça faisait plus d'une semaine qu'elle avait épuisé son stock d'excuses pour aller rendre visite au sublime docteur Clooney. Libby peut difficilement être plus vaccinée qu'elle ne l'est déjà (une vraie pelote d'épingles, cette gosse) et pas question que je me tape une autre entorse en gym pour servir les desseins adultérins de ma mère.

J'allais filer quand Vati m'a stoppée net dans mon élan.

– Georgia, rends-toi utile pour une fois. Emmène Angus en promenade. Qu'il me débarrasse le plancher.

Exécution. J'ai mis sa laisse au monstre qui en a profité pour me découper le mollet à la canine. Très joueur, comme bête. Je ne vous dis pas en combien de temps on a descendu la rue. Deux secondes chrono ! Raison : Angus avait capté les effluves d'un minuscule pékinois que j'ai juste eu le temps de voir disparaître dans un magasin, soustrait à la convoitise du monstre par un maître affolé.

14 h 00. La clôture de Vati est trop poilante. C'est le genre qui penche méchamment... vers un écroulement annoncé. L'œuvre était censée tenir Angus à distance de sa Naomi mais, pile au moment où le bricoleur de génie enfonçait fièrement le dernier clou en clamant haut et fort : « Avec ça, ce foutu chat ne risque pas de sortir », l'œuvre s'est entièrement effondrée... et Angus a foncé droit chez les Porte-à-Côté.

15 h 00. Vati est obligé de faire le très normal. Il a intérêt, les petits poteaux de Libby sont à la maison. Je dois reconnaître que l'adorable enfant peut parfois se montrer un peu brutale avec ses invités. Millie et Oscar étaient en train d'essayer d'attraper des pommes avec les dents dans une bassine remplie d'eau (sans les mains je vous prie), quand ma petite sœur chérie a décidé de leur filer un « coup de main ».

Une conception personnelle du coup de main qui consiste à leur taper sur la tête avec une citrouille. Oscar a mis deux cents ans à retrouver son centre de gravité et Millie voulait rentrer chez elle tout de suite. Note, c'était le cas de tous les autres gosses aussi.

J'ai interrogé Mutti :

– Peux-tu m'expliquer pourquoi cette petite fille s'imagine que le truc épouvantable qu'elle fait en guise de sourire entre dans la catégorie des choses normales ?

17 h 30. Angus se fend la poire dans les grandes largeurs. Il passe son temps à narguer tout le monde en sautant d'une clôture à l'autre. En prime, il s'est tapé Bonio, le nonos de Snowy. Le Père Porte-à-Côté prétend qu'il va être obligé d'emmener Snowy chez un psy pour clebs.

Quant à Vati, il délire non-stop. Mais ce n'est pas tout, dehors, il y a congrès de voisins. Les Porte-en-Face et les Porte-à-Côté dégoisent à n'en plus finir en fouillant les buissons avec des bâtons. Si ça se trouve, ils sont en train d'ourdir un lynchage. Dieu me tripote.

Tout à coup, j'ai entendu Vati vociférer :

– Dès que je mets la main sur ce chat, il est bon pour la scie sauteuse.

Je l'ai laissé râler comme un pou en ponctuant ses récriminations de coups de tatane dans les portes de placard de la cuisine et j'ai prévenu Mutti :

– Peux-tu informer ton mari avec qui je ne souhaite pas causer intimité qu'il déchoira à jamais de son statut de Vati s'il persiste à vouloir emmener Angus chez le véto se faire égaliser l'excédent de… tu vois ce que je veux dire… de vermicelle. Je me considérerai comme orpheline. Point final.

Mutti s'est contentée de m'infliger un de ses *tss tss tss* habituels avant de s'égarer à nouveau dans un univers très personnel.

Chez Matouland, Angus est roi. C'est une bestiole qui marche la tête haute en arborant fièrement son excédent de vermicelle. Quant à Naomi, elle miaule en continu. Alors, pourquoi ne pas les laisser s'aimer, bon sang ?

JE TRACE HILARE À DOS DE CHAMEAU VÉLOCE

Lundi 1er novembre

Rentrée des classes
Sacré bleu et double caca
Petit déj'

7 h 50. Angus est de nouveau attaché à la table de la cuisine. Il miaule comme une sirène. Les lyncheurs l'ont ramené ce matin *manu militari*. Et encore, ils n'ont réussi cet exploit que parce que le monstre a essayé de s'introduire chez les Porte-en-Face par la chatière. Une tentative désespérée pour revoir sa bombe birmane adorée. Et dire qu'il n'y en a pas un pour capter le romantisme de la situation ! Pour vous dire, Angus avait même pensé à apporter à Naomi un petit en-cas du soir sous forme de filet de haddock prémâché. Qui oserait soutenir que ce n'est pas romantique ?

Vati a un entretien d'embauche ce matin. Avec le bol qui me caractérise, je vais le retrouver devant le collège en train de vendre des hot dogs dans une camionnette. Et si je suis méga méga chanceuse, oncle Eddie aura été engagé pour lui filer un coup de main. Bref, tout ça pour dire que ce n'est pas aujourd'hui qu'Angus se fera égaliser l'excédent de vermicelle.

Vati a cru bon de me faire un smack sur le front avant de partir. Beurk ! Obligée de lui demander de respecter mon espace vital.

– Dis, Vati, évite de me toucher, s'il te plaît, je n'ai pas envie de régurgiter mon petit déj' sur mon uniforme.

Je me suis débrouillée pour partir avant de subir d'autres débordements affectifs familiaux. Merci bien, j'avais vu l'état de la figure de Libby post-petit déj'. Je sortais donc quand Angus a tenté l'effort de l'impossible pour se libérer. Je vous rappelle que le monstre était attaché à la table de la cuisine, mais rien n'arrête la bête amoureuse. Super-Matou a tout simplement traîné la chose derrière lui et je dois dire que c'était plutôt poilant de voir Mutti, la cuillère en l'air, ses corn-flakes partis avec la table.

8 h 15. Traîne patte. Traîne patte.

Jas m'attendait devant chez elle. Elle était en train de retourner sa jupe à la taille, histoire de se faire une mini le temps d'aller au collège.

Dès que le Stalag 14 est en vue, on déroule vite fait pour éviter de se faire repérer par la fouine de garde (Œil-de-Lynx). Cette femme-là rôde à la grille du collège telle une pustule en germination. Elle n'a qu'une seule et unique ambition, nous filer des avertissements pour non respect du très inutile règlement du collège. Une vie comme on en rêve, non ?

Bref, je me suis glissée derrière Jas et je lui ai hurlé dans le conduit auditif :

– *Le bon jour, le créature* sexy.

La copine a failli avoir le hoquet de la mort, ce qui, de mon point de vue, était assez hilarant.

Et pourtant, croyez-moi, l'heure n'était pas à la marrade. Je ne me sentais pas trop d'affronter la tempête. C'était la première fois que je remettais les pieds au collège après en avoir été injustement exclue. Tout ça parce qu'Elvis Attwood s'était fait mal en trébuchant malencontreusement sur sa brouette. Bon d'accord, il était en train de me courser, et alors...

Le collège approchait à grands pas et je n'avais toujours rien fait de répréhensible avec mon béret. Incroyable, mais Jas s'en est aperçue.

– Gee, tu débloques ou quoi ? T'as mis ton béret comme il faut.

– C'est que pour le moment, je me tiens à carreau, ma petite vieille. Si tu te penches, tu remarqueras également que je n'ai pas mis de brillant à lèvres.

– Sans blague !

En passant discreto la grille du QG nazi, j'ai tout de suite remarqué la présence d'Œil-de-Lynx. Elle attendait tel l'aigle prêt à bondir sur sa proie. Pour une raison que j'ignore totalement, cette femme me déteste et passe son temps à me persécuter. C'est toute l'absurdité de la vie. Comme de juste, il a fallu qu'elle me fasse une remarque.

– Marchez correctement, Georgia Nicolson.

Mais qu'est-ce qu'elle entendait par là ? Afin de faire apprécier à Œil-de-Lynx une des innombrables facettes de mon humorisité, j'ai claudiqué sur dix mètres. Le résultat ne s'est pas fait attendre. Elle m'a hurlé :

– Continuez comme ça et vous aurez gagné un avertissement avant même d'avoir enlevé votre manteau. Et n'oubliez pas que vous êtes convoquée chez Mlle Simpson dès la fin du rassemblement.

Dieu que cette femme est assommante. J'ai dit à Jas :

– Je te parie qu'elle repasse ses culottes.

– Je ne vois pas ce qu'il y a de mal à…

Mais je n'ai pas entendu la suite des élucubrations de Miss Frangette, j'avais filé dans les toilettes.

Réfugiée dans un cabinet. Même lieu, même punition. Nom d'une mite bègue, je me sentais tellement misérable que j'ai laissé échapper tout haut :

– Non, mais *qu'est-ce que le point* ?

Et là, j'entends une voix qui sort du cabinet d'à côté :

– Gee, c'est toi ?

C'était Ellen. J'ai grogné un machin inaudible qui n'a malheureusement pas rebuté ma voisine de goguenots, au contraire. Ellen était très en verve. Tout ça parce qu'elle était allée au cinoche avec Dave la Marrade. Un de mes ex. Largué.

– Au fait, Gee, tu sais ce qu'il dit Dave au lieu de dire au revoir ?

Rien à battre mais alors rien de rien. J'ai pensé que si je tirais la chasse, le message passerait cinq sur cinq. Il faut croire que non.

– Il dit : « Faut que j'y aille, je trace hilare à dos de chameau véloce. »

J'ai cru qu'elle allait s'étouffer tellement elle riait.

Qu'est-ce qui lui prenait au juste ? Je trace hilare à dos de chameau véloce ?

Rassemblement

9 h 00. Super nouvelle ! La Mère Fil-de-Fer vient de nous annoncer qu'une nase de chez Tampax allait venir nous parler « reproduction » d'ici une semaine ou deux. Tous aux abris !

Notre dirlo chérie a cru bon d'ajouter que Mme Tampax répondrait à toutes nos questions sur « le corps de la femme et bla bla bla et bla bla bla ». Hahahahahahahahaha. Les poules auront des dents le jour où je discuterai foufoune avec Mme Tampax.

Après une demi-heure de total pensum, les filles sont parties en cours d'anglais et j'ai galopé mollement vers le bureau de la Mère Fil-de-Fer pour une petite séance de torture mentale. Je n'étais pas seule dans le cas, visiblement. Les sœurs Craignos attendaient également leur tour de baston. Je ne vous raconte pas le regard qu'elles m'ont lancé quand je me suis assise.

Jackie m'a fait :

– Alors, quoi de neuf, gros tarin ?

Cette fille doit mourir. Elle doit mourir.

Puis on a entendu un pas de pachyderme se rapprocher et Jackie s'est empressée d'écraser son mégot avant de se coller un bonbec à la menthe dans le clapet.

C'était la Mère Fil-de-Fer qui venait me chercher.

– Entrez, Georgia.

Après cette aimable invitation, la dirlo s'est assise derrière son bureau et elle est retournée à ses travaux d'écriture pendant que je restais plantée là comme une imbécile à attendre. Combien de fois, mais combien de fois, avais-je été convoquée dans ce foutu bureau sans raison valable ? Réponse : des millions.

Histoire de passer le temps, j'ai décidé de faire semblant d'être Parker, le chauffeur de Lady Penelope dans *Thunderbirds*, la série trop nulle avec les marionnettes. L'animation est tellement nase que le pauvre Parker a les mains à deux mètres au-dessus du volant. Atrocement poilant, non ? J'étais donc toujours dans mon délire Parker en train d'opiner mollement du bonnet, quand la Mère Fil-de-Fer a fini par m'adresser la parole :

– Alors...

– Oui, Milady ?

Regard interloqué de la dirlo.

– Qu'est-ce que vous dites ?

– Je vous demande pardon. J'étais à fond sur ma disserte d'anglais, mademoiselle Simpson.

Méchant tremblotis à tous les étages du tas de gelée. C'est étonnant cette affaire de centuple menton. Il n'y en a pas un qui s'agite au même rythme.

– Eh bien, ça doit vous changer, Georgia, de penser à quelque chose de sérieux ou d'utile.

C'est trop injuste. Qu'est-ce qu'elle faisait de tout le temps que j'avais consacré à la conception de la bête à gants, par exemple ?

Je n'étais pas au bout de mes peines.

– J'espère qu'après cette exclusion, une amélioration sensible dans votre attitude et dans votre travail se fera sentir rapidement. J'espère également que vous avez mis à profit cette absence pour réfléchir. Mais, avant toute chose, je veux que vous alliez présenter vos excuses à M. Attwood pour avoir provoqué son accident.

Trop cool. Voilà qu'il fallait que je me fade d'aller tailler une bavette avec le roi des piqués.

En sortant de la salle de torture, Jackie Craignos m'a fait :

– Alors, la vilaine directrice t'a grondée et t'as fait pipi dans ta culotte.

N'empêche, quand la Mère Fil-de-Fer a hurlé : « Dans mon bureau immédiatement, mes deux lascars ! », les affreuses ont bondi sur leurs pieds tels les saumons.

Jas m'a dit qu'après leur énième clope du matin, les Craignos avaient scotché une sixième à un banc avec de la Super-Glue.

9 h 35. J'ai pris le chemin de la cabane d'Elvis à pas d'escargot lymphatique en me disant que si je mettais quelques siècles à trouver le gardien irascible, je raterais les trois quarts du cours d'anglais. Mais dommage, j'en étais là de mon savant calcul quand j'aperçus déjà l'immonde galette qui lui sert de chapeau. Pas seule, c'eût été trop beau. Non, Elvis était sous ladite galette en train de pousser sa brouette. Je me suis glissée tout doucement derrière lui et j'ai crié avec un max d'enthousiasme :

– Bonjour, monsieur Atwood !!!!!

Je ne vous raconte pas le bond du pervers en salopette (qu'il est). Et le spasme qui a failli le terrasser quand il s'est aperçu que c'était moi.

– Qu'est-ce que vous voulez ?

– C'est moi, monsieur Atwood !!!!!

– Je sais trop bien que c'est vous. Pourquoi est-ce que vous criez ?

– J'ai pensé que vous aviez tourné sourd.

– C'est pas le cas.

– Ça aurait pu. Je sais très bien comment c'est quand on a votre âge canonique. Mon grand-père est dur de la feuille. Et il a les jambes arquées.

– Eh bien, moi, je ne suis pas sourd. Qu'est-ce que vous me voulez ? Je ne suis toujours pas d'aplomb à cause de vous. Mon genou me fait atrocement souffrir.

– Fil-de… euh… Mlle Simpson m'a dit de venir vous présenter mes excuses.

– Je n'en attendais pas moins.

Dieu qu'il était agaçant. En plus de ça, il ne valait mieux pas se trouver dans le sens du vent, ça crognottait sévère sous la salopette.

– Bon, ben. À plus.

– Attendez une seconde. Vous ne vous êtes pas excusée.

– Ben si. Je viens de vous dire que Mlle Simpson m'avait demandé de vous présenter mes excuses.

– Ça, j'ai compris. Mais vous ne l'avez pas fait.

La patience qu'il faut.

– Alors, à votre avis, pourquoi je suis ici ? Vous n'avez qu'à dire que je suis un mirage pendant que vous y êtes.

– Non, pas un mirage, une foutue plaie.
– Trop aimable.
– Allez, disparaissez de ma vue. Vous feriez bien de vous conduire un peu plus comme une jeune fille. De mon temps…

Interruption obligatoire avec gants.

– Monsieur Attwood, aussi passionnant que soit l'âge de pierre, je n'ai pas précisément le temps d'évoquer avec vous votre enfance. Je vous dis donc *le revoir* et si d'aventure nos chemins ne devaient plus se croiser durant notre vie terrestre, je vous souhaite très bonne chance au paradis des gardiens de collège.

Pour toute réponse, le vieux croûton a grommelé un truc inaudible dans sa barbe en remontant son pantalon (beurk!) et il a décanillé. Elvis n'ose pas trop me chercher. Il a un gros doute. Il se demande si je n'ai pas découvert l'existence de ses magazines cochons. Je confirme, j'ai.

Pause déjeuner

Midi et demi. Des heures et des heures d'ennui mortel suivies d'un pauvre sandwich au fromage. Voilà mon programme de la matinée. Ah, si seulement l'abjecte Pamela Green cessait de me couver des yeux derrière ses hublots à triple foyer. Sans blague, on dirait un poisson rouge en uniforme. J'aurais mieux fait de m'abstenir le jour où j'ai empêché les sœurs

Craignos de lui mettre une trempe. Depuis, elle me suit comme un toutou.

Tout à l'heure, Rosie m'a sorti :

– Elle t'aime.

Dieu me tripote.

13 h 30. Mme Slack était tellement contente de me revoir que, pour fêter ça, elle m'a obligée à m'asseoir au premier rang, à côté de l'abjecte Pamela Green et d'Alice la Cochonne. Les deux infortunées ne voient pas le tableau à moins de deux centimètres de leurs carreaux. Jas, Ellen (sa nouvelle meilleure copine goudou) et le reste du Top Gang étaient assis ensemble dans le fond.

D'un autre côté et du bon, la Mère Slack nous a annoncé l'arrivée d'un lecteur de français pour la semaine prochaine. En général, c'est *le très riant* comme affaire. Enfin un peu de lumière dans ce monde de ténèbres.

15 h 50. Sonnerie de fin de cours.

Et passeport pour la liberté.

Juste quand on quittait l'enfer, j'ai glissé à Jas, mine de rien :

– Dis-moi, ma petite vieille. Qui tu préfères ?

– Euh… c'est une question piège ?

– Réponds, qui tu préfères, moi ou Tom ?

Elle m'a fait la tête de perce-oreille effarouché qui vire au rouge vif et porte néanmoins un béret.

– Ben… euh… Tom… euh… est un garçon, et toi, tu es… euh… une fille.

– Sans blague ? Tu as remarqué ? C'est les nunga-nungas qui m'ont trahie ou quoi ?

Tout chiffonné d'un coup, le perce-oreille.

– Tu sais très bien ce que je veux dire, Gee. Côté fille c'est toi que je préfère, et côté garçon c'est Tom. C'est pareil pour toi. Côté fille, c'est moi que tu préfères, et côté garçon c'est Robbie.

– Sauf que côté fille, je m'interroge. Est-ce vraiment toi que je préfère ? Des fois, ça arrive qu'on se lasse des gens si par exemple les gens… sont toujours trop occupés pour vous voir, rapport à leur copain ou à autre chose.

Touchée. Hahahahahahahha et hahahhaha.

Elle s'imagine qu'avec moi, c'est du tout cuit. Elle va au cinéma avec d'autres copines.

Je vous demande un peu.

19 h 15. Coup de fil de Jas.

– Gee.

– Oui. Qui est à l'appareil ? (Je savais pertinemment qui c'était.)

– C'est moi, Jas.

– Ah.

– Écoute, tu aurais très bien pu venir au cinéma avec nous, mais tu étais au Pays-du-Loch-Ness-et-Monstre-du.

– Vraiment.

– Et, euh… on était rien que des couples si tu vas par là. En plus, je ne pense pas que Robbie aurait aimé venir avec nous. Il ne sort pas trop avec Tom, si tu vois ce que je veux dire. Robbie a ses poteaux des Stiff Dylans et puis il a le groupe et…

Ça a duré des heures.

Minuit. Bref, ce que j'ai retenu des pitoyables excuses de Jas, c'est que je sors avec un Super-Canon plus vieux que nous. Passons. Nous avons conclu un marché avec Miss Frangette, un marché qui va lui permettre de se repentir. À partir de tout de suite là maintenant et pendant trois jours, elle sera mon esclave et devra se plier à tous mes caprices.

Mardi 2 novembre

Midi. J'ai obligé Esclavette à me porter sur son dos pour aller aux toilettes. Œil-de-Lynx nous a traitées d'andouilles.

20 h 00. Super-Canon m'attendait à la sortie des cours !!!! Génial, non ? Dans son auto trop géniale.

Bien vu la taupe, je m'étais abstenue de fantaisies de béret. Une précaution qui m'a permis de monter dans la Mini en ayant à me préoccuper uniquement de museler les velléités d'expansion de mon super pif... ou plus vraisemblable de ne pas assommer Super-Canon avec mes nunga-nungas. Tais-toi, cerveau !!! Tais-toi !!!!!

22 h 00. Il faut impérativement que j'arrive à ne plus me liquéfier façon poulpe chaque fois que Super-Canon approche à moins de dix mètres.

Pourquoi, mais pourquoi lui avoir dit « Je trace hilare à dos de chameau véloce » au lieu d'un gentil bonsoir ? Qu'est-ce qui m'a pris au juste ?

Total, on s'en fiche. Parce que résultat des courses : Yesssss !!!!!!!! J'habite au QG du bécot.

Merci de bien vouloir noter ma nouvelle adresse :

Georgia Nicolson
Q.G. du bécot
Rue du Bécot
Bécotville.

22 h 15. Coup de fil à Jas

– Écoute ça, ma vieille. J'ai fait du bécot d'auto. Ça t'est déjà arrivé, toi ?

– Non. Mais, j'ai fait du bécot de moto.

– C'est pas pareil.

– Pourquoi ça ?

– Ben, parce que c'est pas pareil.

– Mais si.
– Mais non.
– Excuse-moi, mais dans les deux cas, il y a quatre roues.
Nom d'une coccinelle typographe!

23h00. Cet après-midi, dans sa Mini, Robbie a posé sa tête sur mes genoux pour me chanter une de ses chansons, celle qui s'appelle *Je ne suis pas là*. Inutile de préciser que j'ai passé l'épisode sous silence à Radio Jas.

Je ne sais jamais trop quoi faire quand Super-Canon me fait le coup de la chanson. Est-ce que je dois hocher la tête en rythme ou pas? Sans parler de savoir ce que ça donne sur le plan séduction vu d'en bas.

Et puis, vous imaginez si un malheureux passant s'avisait de traîner dans les parages, il me verrait dodeliner du chef, toute seule, stupidement!

1h00. Réveillée par Libby qui fait une entrée particulièrement bruyante. Une fois tout son petit monde casé dans mon lit, l'enfant m'a lâché entre deux sanglots :

– J'ai vu un grand monsieur très vilain. Très grand et très vilain.

Après quoi, elle s'est pelotonnée très fort contre moi en m'entortillant avec ses petites pattes. Je lui ai fait un gros câlin.

– T'en fais pas, ma Libby. C'était qu'un rêve. Il n'y a qu'à penser à quelque chose d'agréable maintenant. De quoi tu voudrais qu'on rêve, ma poupée ?

– Porridge.

Elle peut être trognonne quand elle veut. Allez, hop, un petit baiser sur la joue. Je n'aurais jamais dû, la voilà qui me remercie avec un de ses sourires terrifiants dont elle a le secret. Et qui m'arrache l'oreiller de sous la tête pour installer le camion-citerne et la Barbie plongeuse sous-marine plus confo.

Mercredi 3 novembre

7 h 00. Me suis réveillée avec le torticolis et un creux en forme de bouteille de plongée dans la joue droite. Merci, Barbie.

Vati s'est pointé au petit déj' en costume ! Terrifiant.

Un exploit, personne n'a fait de commentaires. Sauf que Libby s'est mise à grogner en le voyant. Si vous voulez mon avis, elle n'a pas eu de cauchemar cette nuit. Non, elle a vu Vati entrer dans sa chambre en pyjama.

Mutti errait plongée dans son coma matinal habituel. En jupe et soutif. Non, mais je vous demande un peu.

Moi :

– Mutti, s'il te plaît, j'essaye de manger.

Je n'avais pas fini ma phrase que Vati faisait un truc positivement extravagant. Là, sous mes yeux, il pinçait le nunga-nunga gauche de Mutti (honnêtement !) en accompagnant ce geste ignoble d'un pouet-pouet.

J'ai filé à la salle de bains me livrer à quelques vérifications concernant l'arrière de mon crâne et mon profil. Tout cela rendu possible grâce à l'armoire à pharmacie et ses deux portes en miroir qu'on peut orienter à sa guise selon la zone à contrôler. Non contente de ces premiers tests, je me suis collé le miroir grossissant de Mutti sous le pif pour découvrir le panorama dont Super-Canon pourrait profiter si, disons, il me chantait une chanson en ayant la tête sur mes genoux (ce qu'il a fait). Bref, je voulais savoir à quoi je ressemblais vue d'en bas.

J'aurais mieux fait de ne pas. Pour deux raisons.

Primo, j'ai pu constater que mon nez était proprement démesuré. À tous les coups, il a poussé pendant la nuit. Sans blague, je ressemble à Gérard Depardieu maintenant. Ce qui n'est pas à franchement parler un atout si on considère que je ne suis pas un vieux jeton français de cinquante ans.

Deuzio, la réponse est oui. On a une vue splendide sur ma pustule intrapif si on me regarde par en dessous.

8h18. Jas m'attendait devant chez elle. J'ai décidé de la jouer un peu froide, style bourrée de maturosité. Esclavette m'a accueillie avec un :

– Je t'ai gardé un roulé à la confiture rien que pour toi.

Réplique cinglante de Georgia :

– Tu n'espères quand même pas m'acheter avec du roulé à la confiture après avoir été super dégueu avec moi.

Si, elle peut. J'avais pratiquement fini le roulé avant même qu'on se mette en route.

– Une question, Jas. Est-ce que tu trouves mon nez plus grand qu'hier ?

– Ne sois pas ridicule, Gee. Le nez, ça pousse pas.

– Excuse-moi mais, jusqu'à preuve du contraire, tout pousse. Les cheveux, les jambes, les bras… les nunga-nungas. Tu peux me dire pourquoi le nez serait épargné par l'expansionnite ?

Miss Frangette s'en fichait comme de l'an quarante.

– Au fait, ma grande, est-ce que tu as vu que j'avais une pustule intrapif dans la narine gauche ?

– Non.

– Mais une supposition que tu me regarderais l'intérieur du pif par en dessous.

La pauvre fille ne voyait pas du tout où je voulais en venir. Il faut dire que Jas a l'imagination d'un petit pois. Rachitique.

Avec tout ça, on était arrivées au parc.

J'ai repris ma démonstration :

– Une supposition que je sois en train de chanter. Et que tu sois Super-Canon avec la tête sur mes genoux et que tu sois en train de me regarder avec adoration, émerveillé par mon énorme talent. Attendant le moment idéal pour te jeter sur moi et me bécoter jusqu'à plus soif.

Elle ne voyait toujours pas. Total, je me suis assise sur un banc et je l'ai forcée à poser sa tête sur mes genoux.

– Alors... Qu'est-ce que t'en penses ?

– Ben, je t'entends pas chanter.

– Normal, je ne chante pas.

– Ben t'as dit : « Une supposition que je sois en train de chanter. »

Je vais la piler ! Je vais la piler ! Je me suis donc fendue d'une chanson pour faire plaisir à Miss Frangette. Le seul air qui m'est venu instinctivement à l'esprit est *Goldfinger*. Trop dommage comme choix. *Goldfinger* me rappelait d'immondes souvenirs. Le jour où Vati était rentré du Pays-du-Kiwi-en-Folie, oncle Eddie et Vati l'avaient chanté. Ils étaient tous les deux boudinés dans un pantalon en cuir et complètement pompette ! Si je me souviens bien, oncle Eddie avait même sorti : « Pour faire plaisir aux dames. » Si c'est pas lamentable.

Pour en revenir à nos dindons, j'étais donc en train d'interpréter *Goldfinger* et Jas d'inspecter l'intérieur de mon pif en constante expansion. Une sorte de surveillance intranarinaire, si vous voyez ce que je veux dire.

– Alors, tu la vois ma pustulette ou pas ?

Et pile au moment où je posais la question fatidique, on entend, abasourdies, quelqu'un piquer le fou rire de l'enfer juste derrière nous. Le bond des filles, je ne vous raconte pas. À vrai dire, l'aspect bondissant de la chose n'a concerné que moi. Jas, elle, s'est gravement écrasée au sol. Le fou rire, c'était Dave la Marrade qui se faisait littéralement pipi dessus.

Moi :

– Euh... je...

Jas :

– Je faisais juste que regarder l'intérieur de... du nez de Georgia...

Dave :

– Mais oui, bien sûr. N'ajoute surtout rien, ça gâcherait tout.

Dave la Marrade nous a accompagnées un bout de chemin. J'étais un peu gênée. On s'était quand même bécotés tous les deux. Et surtout, je l'avais utilisé comme chèvre dans mon plan élastique pour récupérer Robbie. Lui faisait plutôt le rigolo, pas ironique pour un sou. Il riait beaucoup. Normal, on ne s'appelle pas Dave la Marrade pour rien.

Quand il nous a laissées pour rejoindre son collège, j'ai fait à Jas :

– Dis, t'aurais pas l'impression qu'il m'a pardonné d'avoir fait l'immonde au cœur de pierre ? Il est plutôt craquant, non ?

Ho, ho ! J'espère que je ne suis pas en train de tourner nymphomachin. Note, je ne blague pas. Je le trouve vraiment craquant. Et marrant, c'est une évidence. Il a dit qu'il viendrait au concert des Stiff Dylans ce week-end.

Moi :

– À ton avis, Jas. Tu crois qu'il va venir avec Ellen ?

Non, mais qu'est-ce que j'en avais à faire à la fin ? Je suis la copine d'un Super-Canon, que diable.

N'empêche, j'aimerais bien savoir s'il viendra avec Ellen.

Allemand

11 h 15. Pendant que Herr Kamyer s'évertuait à écrire des choses rigoureusement inutiles au tableau à propos de je ne sais quels Helga et Helmut, j'ai régalé l'assistance d'une excellente imitation de vermicelle. Pourtant improvisée.

Toutes les filles ont dit qu'on s'y croyait.

Hockey

15 h 00. Adolfa (*Oberführer* prof de gym et lesbienne à ses heures) s'est montrée plutôt calme ce trimestre. Aujourd'hui, elle était affublée

d'un short aux proportions proprement surréalistes. Pendant qu'on se mettait en tenue, j'ai glissé à Jas :

– Je te dis que c'est toi qu'elle veut. Tu sais comment j'ai deviné ? Simple, sur le plan sentiment, quand on imite quelqu'un, ça prouve obligatoirement qu'on est méga sincère. Vise un peu la taille de son short, c'est pile poil le frère jumeau de ta culotte-méga-couvrante.

Jas m'a filé un pain.

Chez Jas

18 h 00. En train de faire nos devoirs (confection de sandwichs au beurre de cacahuète et essais de coiffures) avec Ellen, Jas et Rosie. Méga discussion sur les dispositions à prendre pour le concert des Stiff Dylans. Il y a urgence. Sous prétexte d'un vulgaire contrôle de français programmé sous peu, les parents ont tous viré très vieux nazis. Le Top Gang est interdit de sortie les soirs de semaine et, le week-end, il y a obligation de se faire ramener par son Super-Dingo (père).

Au cours de la conversation, j'apprends incidemment qu'Ellen doit retrouver Dave la Marrade au concert.

Moi :

– Total, vous sortez ensemble, alors ?

Glousement de dinde.

– Il m'a fait : « Ben, tu vas au concert ? » et alors je lui ai fait : « Ben, ouais. » Et du coup, il m'a fait : « Je te retrouve là-bas. »

Intervention de Rosie :

– C'est bien joli, tout ça. Mais est-ce que ça voulait dire : « Si tu vas au concert, je te retrouve là-bas parce que tu seras, genre là de toutes les façons, et donc je t'y retrouverai forcément » ? Ou bien est-ce que ça voulait dire : « Je te retrouve là-bas, comme dans je TE retrouve là-bas » ?

Ellen n'en savait fichtre rien. Elle pédalait complètement dans la choucroute. Bienvenue au club, ma vieille.

En rentrant à la maison, je me suis fait la réflexion suivante : une chose est sûre, Dave la Marrade ne fait pas le moindre effort pour retrouver Ellen avant le concert. Hahahahahaha.

À la maison

19 h 00. Attendez une seconde, Robbie non plus n'a pas évoqué de projets de retrouvailles avant le concert. S'attendrait-il par hasard à ce que je me pointe quoi qu'il arrive vu mon statut officiel de copine ?

Allez, pas de mouron excessif, on n'est que mercredi après tout. Si ça se trouve, il appellera ce soir pour dissiper le malentendu.

Si ça se trouve.

22h00. Pas d'appel de Robbie.

J'ai commencé les travaux d'approche destinés à amadouer Vati en vue de la soirée de samedi.

– Vati, tu as vu comme j'ai bien travaillé au collège ces derniers temps... Alors...

Il ne m'a même pas laissée finir ma phrase.

– Écoute, Georgie. Si ce petit laïus est destiné à faire passer des billets de banque de ma poche de pantalon directement dans ton sac à dos, tu ferais mieux de renoncer.

Non, mais il a vraiment le porte-monnaie en peau de hérisson ! À ce point-là, c'est du jamais vu.

– Justement, c'est pas une histoire de sous. Voilà, je voudrais aller au concert samedi avec les copines...

– À quelle heure tu veux que je passe te chercher ?

– Pas la peine, tu sais. Je rentrerai avec les filles et...

Il vient me prendre à minuit. Je me demande si ça vaut encore le coup d'y aller. En tout cas, je lui ai fait jurer de rester caché derrière le volant et de ne descendre de voiture sous aucun prétexte.

Minuit. Super-Canon ne m'a pas appelée. À votre avis, c'est quoi la fréquence d'appels officielle au rayon garçon ? Et au rayon Georgia ? En ce qui me concerne, il me semble que toutes les cinq minutes serait raisonnable.

À la réflexion, c'est peut-être un brin trop furieux. Ça pourrait trahir une méchante absence de vie.

Ce qui est le cas.

1h00. OK. Disons tous les quarts d'heure.

1h15. Dans *Les hommes viennent de Mars, les femmes viennent de Vénus*, j'ai lu que les garçons avaient moins besoin de parler que les filles. On voit bien que le type qui a écrit le bouquin n'a jamais rencontré oncle Eddie. La dernière fois qu'il est venu à la maison, j'ai cru qu'on ne pourrait jamais l'arrêter. Un vrai moulin à paroles.

Ce jour-là, Tête d'Œuf a cru bon de m'ébouriffer les cheveux en partant. Sans blague, j'ai quinze ans. Je suis bourrée de maturosité. Et de bécosité. Il est miro ou quoi ? Moi aussi, je lui aurais bien ébouriffé les cheveux, histoire de lui montrer à quel point il était nul, mais l'infortuné n'a plus un poil sur le caillou.

Jeudi 4 novembre

Opération bête à gants

8h30. Aujourd'hui est le jour de la BAG (Bête À Gants). Toutes les filles ont pour consigne de se pointer au collège dûment munies de leurs oreilles en gants. Jas a bien essayé de renâcler en pestant qu'elle ne voulait pas se prendre un avertissement, mais je l'ai très vite raisonnée :

– Écoute-moi bien, Esclavette. Tu mets gentiment tes oreilles comme tout le monde sinon je te garantis que tu vas prendre un ramponneau. Et crois-moi, ça fait mal.

Résultat des courses, une fois ses accessoires en place, Jas était la plus partante. Il faut dire que c'était atrocement poilant de la voir agiter ses oreilles en gants en même temps qu'elle branlait du chef. Miss Frangette a ajouté une petite touche personnelle à la BAG en faisant l'écureuil grignoteur avec les dents sorties. Histoire d'éviter les foudres d'Œil-de-Lynx, on est passées par l'allée qui longe le bâtiment des sciences. Elvis était en train de lire le journal dans sa cahute. Tout le Top Gang s'est collé derrière la vitre de l'habitat primitif et on a fixé le vieux machin comme seules savent le faire les bêtes à gants. Se sentant dévisagé, le gardien de collège colérique a fini par lever les yeux de son torchon. Mais, comme ses lunettes étaient pleines de buée, il a dû croire à une hallucination et nous prendre pour des créatures de la forêt. Des créatures sylvestres qui pour échapper à leur sort cruel seraient sorties de la forêt pour aller au collège… Ça n'a pas duré. Quand Elvis a réalisé son erreur, il s'est mis à vociférer comme un dément :

– Débarrassez-moi le plancher immédiatement ! Vous feriez mieux d'étudier un peu au lieu de passer votre temps à faire des bêtises. Et tâchez de vous rendre présentables !!!!

Quel conseil judicieux de la part d'un type dont on devine sans peine l'étendue de la démence rien qu'à l'accoutrement.

Trop dommage, on s'est fait repérer par la Mère Œil-de-Lynx juste quand on allait se faufiler dans les vestiaires. La fouine de service a piqué une crise d'une intensité non répertoriée au catalogue des crises. J'ai bien tenté de lui faire comprendre que la bête à gants était le meilleur moyen de ne pas perdre lesdits gants mais je n'avais pas fini de dire : « C'est une façon très pratique de... » qu'elle m'arrachait mes fausses oreilles. Cette femme est totalement dénuée d'humour.

N'empêche, elle était tellement occupée à nous enguirlander, Jas et moi, qu'elle a raté un spectacle trop hilarant. Toutes les copines étaient en train de traverser la cour de récré avec les oreilles qui pendouillaient en cadence comme de bonnes bêtes à gants qu'elles étaient.

19 h 00. Toujours pas d'appel de Super-Canon.

La Mère Porte-en-Face s'est pointée à la maison pendant que Mutti était à son cours d'aérobic. Si vous voulez mon avis, je ne suis pas sûre sûre qu'il soit très raisonnable de se jeter au milieu d'une foule en justaucorps quand on a atteint l'âge avancé de Mutti. Ce que j'en dis...

Pas grand-chose à reprocher à la Mère Porte-en-Face (appelez-moi Helen), si ce n'est qu'elle se situerait plutôt dans la catégorie revendicative comme voisine. Note, je suis prête à parier qu'un bon coup de crosse de hockey la mettrait hors d'état de nuire rapido. C'est le style blonde choucroutée (pas naturel le blond, ça va sans dire).

Bref, la présence de la Mère Porte-en-Face a provoqué chez Vati des réactions pour le moins inconnues au bataillon. Le père de famille s'est mis à faire le tout bizarre. Encore un peu et on aurait même pu penser qu'il était sympa (c'est vous dire) et puis il s'esclaffait à tout bout de champ tel le demeuré. Mais le plus incroyable de tout, c'est qu'il avait réussi à décoller son derrière de son fauteuil!!! Hmmm.

La voisine n'avait pas fini de tourner les talons qu'il me répétait pas moins de deux cent cinquante fois :

– Elle est vraiment bien, cette Helen, tu ne trouves pas? Très... tu vois... féminine.

Oh, non!

Bref, Helen était venue lui annoncer qu'elle avait l'intention de trouver un fiancé bourré de pedigree à Naomi. Réaction immédiate de votre serviteur :

– Naomi ne voudra jamais d'un autre matou. Elle aime Angus.

Ricanement stupide de Vati.

– Tu vas voir. Tu n'auras pas le temps de dire ouf qu'il y aura déjà plein de petites Naomi partout. Tu sais, Gee, la femme est très inconstante.

Hmmmm.

21 h 00. Stress d'avant concert. Passablement aggravé par le fait que Mark Grosse-Bouche a pris la regrettable initiative de faire surgir un diable de sa boîte juste devant ma tronche pendant que je promenais Angus. Je me demande si ce type n'aurait pas une carence importante au niveau cerveau.

Dieu me tripote, demain c'est la fête du 5 novembre. L'occasion pour tous les crétins de la terre de s'immoler gravement en allumant des pétards pour épater leurs poteaux.

21 h 30. Mutti est rentrée positivement cramoisie. Je lui ai fait :

– Tu es particulièrement féminine, Mutti, ce soir.

Mais, comme de juste, Vati n'a pas tilté.

Dans ma chambre

21 h 50. Pour la première fois depuis que je suis née, Vati frappe à la porte de ma chambre avant d'entrer !!!

Moi :

– Pas de chance, je ne suis pas là. Repasse plus tard.

Bien sûr, El Barbido n'a pas tenu compte de mon conseil car bientôt il était assis au bord de mon lit.

Dieu me préserve, ne me dites pas que j'allais avoir droit à la célèbre question sur mon bonheur personnel ou pire encore que l'homme songeait à m'exposer ses « sentiments ».

Bizarre, il était dans ses petits souliers.

– Écoute, ma Gee. Je sais l'affection que tu as pour Angus…

– Et alors ?

– Ce n'est pas chic de le garder enfermé à la maison.

– Excuse-moi, mais ce n'est pas mon idée.

– Tu sais très bien que si on n'en passe pas par là, Angus n'a de cesse de retrouver cette fichue chatte.

– Normal, il l'aime. Ce n'est pas compliqué, bon sang ! Tout ce qu'il veut, c'est vivre avec Naomi, partager ses rêves, quoi. Si ça se trouve, ils ont déjà envisagé d'acheter une petite bicoque en Espagne pour les vacances…

– Gee, c'est un chat, bordel !!!!!!

22 h 00. Vati emmène Angus demain matin chez le véto lui faire raccourcir la cheminée. Il a osé me sortir :

– Écoute, Georgia, si tu réfléchis bien à la question, tu finiras par être raisonnable.

Ma réponse n'a pas tardé.

– Je crois t'avoir déjà informé que si tu osais attenter à la virilité d'Angus, tu pouvais dire adieu à ta fille. Fini les Vatis.

Je ne plaisante pas.

22 h 10. Téléphone. C'est Vati (toujours grognon) qui décroche.

Pour ma part, j'étais en train de m'enlever les petites peaux de tour d'ongle en prévision de samedi. Si je ne commence pas les préparatifs beauté maintenant, je ne serai jamais prête à temps.

En bas, j'entendais Vati dire dans le téléphone :

– Je vais voir si elle n'est pas couchée. Il est un peu tard pour appeler. C'est de la part de qui ?

Inutile de vous préciser qu'à ce stade de la conversation j'étais arrivée ventre à terre au rez-de-chaussée et que je lui avais déjà arraché le téléphone des mains. On peut difficilement faire plus mal embouché, non ?

Mon bouillonnement intérieur (et extérieur) calmé, j'ai réussi à dire «Allô» dans le combiné d'une voix légèrement voilée. Allez savoir pourquoi. C'était toujours mieux que de prendre l'accent français, ce dont, heureuse initiative, je m'étais abstenue.

C'était Super-Canon !!!! Yesss !!!! Il n'avait pas fini de dire « Allô » que j'avais déjà la jambe de poulpe méchamment liquéfiée. Il faut dire que la voix est trop miam miam crousti-fondante.

Légitimement, Super-Canon s'interrogeait :

– C'était ton père au téléphone ?

– Tu plaisantes. C'était rien qu'un vieux siphonné qui passait par là.

Bref, résultat des courses, on se retrouve samedi au concert. Super-Canon a répète tous les soirs et donc on ne peut pas se voir avant. *C'est le vie.* Vous verrez que vous serez peut-être amené à faire la même constatation si d'aventure vous sortez avec *le sublime* rock star. Qui sait ?

Vendredi 5 novembre

Fête du 5 novembre

16 h 00. Des crétins de Foxwood se sont introduits dans les toilettes du collège et ont réussi à faire exploser un cabinet en lançant un pétard dedans !!!! Je ne vous raconte pas le boucan. Tout le monde a sursauté, même les filles qui étaient dans le bâtiment des sciences. La Mère Fil-de-Fer était super colère, elle a manqué un décrochage massif de centuple menton.

18 h 30. Je n'arrive pas à y croire, Vati a vraiment mis sa menace à exécution. Il a déposé Angus chez le véto ce matin. Je ne lui adresse plus la parole (au père, pas au chat).

Quand je pense qu'il a eu le culot de me dire :

– Le véto m'a assuré qu'on pourrait venir chercher Angus lundi. Il sera remis sur pattes.

Pas impossible qu'on fasse grève de l'institut du popo avec Libby. À ce qu'il paraît, c'est ce que font les détenus dans les prisons quand ils ne sont pas contents. L'idée est simple mais efficace : faire popo par terre pour marquer sa désapprobation. Note, Libby étant pratiquement toujours en grève de l'institut du popo, notre action risque de passer inaperçue.

20 h 00. Mutti et le type avec lequel elle a le très mauvais goût de partager sa vie sont sortis voir les feux de joie et tout le toutim qui accompagnent les festivités du 5 novembre. D'après ce que j'ai compris, il est question que les Porte-à-Côté, les Porte-en-Face et les consternants qui habitent au 24 soient de la partie. Ensuite, tout ce beau monde est censé se retrouver chez d'autres nases qui crèchent au 26 pour faire la fête. La marrade en perspective. Vati est sorti avec un chapeau de cow-boy sur la tête. Rien ne me sera épargné. Rien.

Mutti a osé me demander si je voulais les accompagner. Je me suis contentée de lever un œil consterné sur le couvre-chef de Vati. De toutes les manières, je n'aurais pas répondu à sa question, je ne leur adresse plus la parole. Cerise sur le gâteau, Vati a cru bon de sauter par-dessus le muret du jardin au lieu de sortir normalement par le portail. Trop dommage, l'ancêtre est sorti indemne de la cascade. Résultat des courses, il est malheureusement toujours en état de me faire mourir de honte.

Angus se serait régalé ce soir, il adore la fête du 5 novembre. Je me demande où est mon gros minou en ce moment. Sait-il seulement que l'époque heureuse du reniflage de cucul est derrière lui ?

20 h 30. Jools, Rosie et Jas sont passées. Elles vont toutes chez Kate Matthew qui fait une fête pour le 5 novembre. Super-Canon est comme de juste en répète mais il m'a promis qu'on se retrouverait après.

Je ne sais pas par quel miracle les filles ont réussi à dénicher quelques comestibles dans la cuisine et, en deux secondes chrono, on était toutes assises autour de la table en train de déguster des sandwichs aux corn-flakes.

Jools :

– Il faut absolument que je me dégote un copain. Dave la Marrade a un poteau qui me fait bien craquer. Celui qui a un joli sourire. Comment s'appelle-t-il déjà ? Ah, oui, Rollo.

Bonne pioche, Jools. Effectivement, le garçon est plutôt mignon.

Moi :

– On se demande bien pourquoi ce Rollo n'a pas de copine. Si ça se trouve, il a un truc qui cloche.

Jools était tout ouïe.

– Style ?

– Ben, si tu prends Norman le Boutonneux par exemple, il a de l'acné de la tronche.

– Excuse-moi, mais Rollo n'est pas du genre pustuleux.

– Oui, mais si ça se trouve, il fait une acné sournoise.

– Quezaco ?

– C'est une acné du haut de bras.

– Qui a de l'acné de haut de bras ?

– Des tas de gens.

– Cite-moi un nom.

– Des tas de gens.

Mon attention venait d'être attirée par une pustulette qui pointait son immonde tête sur le menton de Rosie. Vu le désastre, c'est clair qu'elle l'avait tripotée. J'ai fait remarquer à Rosie qu'elle se fourvoyait gravement sur la méthode d'éradication de la pustulette et qu'elle ferait mieux d'adopter la mienne qui garantissait le succès. Je vous livre le mode d'emploi :

on vaporise un max de parfum sur la pustulette embryonnaire qui sèche illico. Normalement. En tout cas, c'est comme ça que j'ai procédé avec ma pustulette intrapif et ça a marché du tonnerre. Note que, dans le même temps, j'ai manqué m'étouffer gravement en inhalant du Paloma (de Mutti) à haute dose.

Dans ma chambre

22 h 00. Le ciel est tout illuminé par les feux d'artifice que les gens tirent dans leurs jardins, alors que moi, je suis archiseule. À ce train-là, je vais finir ermite. Ça n'a pas loupé, la répète de Super-Canon s'est prolongée, et donc on n'a pas pu se voir. Mais je ne cafarderai pas pour autant. Non, j'ai l'intention de m'occuper gentiment avec des pinceaux.

23 h 30. Quand Mutti et Vati ont rejoint les pénates familiales, je suis restée muette telle la carpe et je leur ai brandi sous le nez la banderole confectionnée à leur intention. Dessus, j'avais écrit en lettres capitales : BOURREAUX DE CHAT !!

ROSISSEMENT POPOTAL MAXI

Samedi 6 novembre

11h00. Les bourreaux de chat sont sortis faire des courses.

13h00. Si je ne m'abuse, plus que sept heures avant le concert. Je ferais aussi bien d'aborder la phase maquillage pas plus tard que tout de suite. Restait cependant une inconnue de taille. J'explique. Mon intention étant de me bécoter sauvagement toute la soirée, fallait-il envisager l'usage de maquillage bécotproof ? En clair, la question était : mettre ou ne pas mettre de rouge ?

Coup de fil à Jas. Qui, soit dit en passant, me fait poireauter deux heures avant de consentir à descendre prendre le combiné des mains de sa mère.

– Je suis trop contente que tu aies pu te déplacer jusqu'au bigo, Jas. C'est super sympa. Le temps que tu arrives, j'ai le poil de sourcil qui a poussé jusqu'aux baskets.

Miss Frangette l'a mal pris. C'est dingue quand même la susceptibilité de la fille.

– J'étais dans ma chambre avec Tom, si tu veux savoir. On était en train de faire un truc sur l'ordinateur.

Rire de hyène.

– Excuse-moi, ma vieille. Mais dans ta piaule, à part vous bécoter, vous ne faites rien d'autre.

– Faux.

– Vrai. Bref, le sujet me passionne à mort, mais j'ai une question à te poser d'une importance vitale pour la survie de l'humanité. En tout cas, pour la mienne. C'est quoi ton point de vue bécot-rouge ?

– Pardon ?

– Tu es bouchée ou quoi ? Qu'est-ce que tu fais au rayon rouge rapport au bécot ? Est-ce que tu essuies le rouge juste avant le contact lèvres-lèvres ou est-ce que tu le laisses gravement s'étaler sur la tronche de Tom ?

14 h 00. Résultats du sondage bécot-rouge :

Jas a résolu le problème comme suit. Elle ne met que du brillant. D'après elle, le brillant se dissout de lui-même au cours de la séance bécots.

Pour aller au total lèvres-lèvres contact maxi avec Sven, Rosie met du rouge PLUS du brillant. Pas de quoi s'étonner, le géant des steppes glacées a la figure tartinée de rouge en fin de soirée, mais il paraît qu'il ne s'en formalise pas outre mesure. Détail qui vaut son pesant de cacahuètes, il s'essuie la figure dans son T-shirt!

Nom d'un moustique anémique! Surtout ne pas perdre de vue que le sujet n'est pas britannique.

Le reste du Top Gang penche plutôt pour la théorie du brillant qui se dissout de lui-même au cours de la séance bécots.

Résultat des courses, brillant ce sera.

15 h 00. J'ai sorti toute la panoplie du soin capillaire. Je n'arrive à rien avec mes cheveux. Bon sang de bonsoir, ils n'ont pas le moindre ressort. Ils pendent lamentablement. Voilà ce qu'ils font. En plus de me taper sur le système à faire les tout plats.

Foutu *sacré bleu*, je ne sortirai pas d'ici tant qu'ils n'auront pas de volume. Non mais sans blague, je ressemble à un moine franciscain avec ce casque. Ou à Mlle Wilson. Au choix.

J'ai trouvé la solution. Je vais me mettre les rouleaux chauffants de Mutti sur le crâne une heure ou deux.

16 h 30. Au lit avec les rouleaux (en clair, méga séduisante) en train de lire mon bouquin *Ne vous noyez pas dans un verre d'eau*, histoire de me remonter le moral. Et de me détendre un peu.

16 h 45. Dingue, il y a un chapitre sur les cheveux ! Je vous jure. La coïncidence est troublante, non ? Je vous donne le titre : « Pas de panique les jours où vos cheveux sont incoiffables ».

17 h 00. Bref, pour vous résumer ce que dit le livre, il paraît qu'on bloque tellement sur notre look qu'on imagine les gens en train de scruter à mort le volume ou la platitude de nos cheveux. Or, en vrai, ils s'en tamponnent royalement. Super nouvelle.

Si c'est ça, j'enlève les rouleaux.

17 h 10. Vati a fait irruption dans ma chambre (sans frapper, comme de juste).

– Georgie, le thé est prêt... Nom d'un chien, qu'est-ce que tu as encore fabriqué avec tes cheveux ? On dirait que tu t'es pris du deux cent mille volts.

Je hais mon père.

Doublement.

17 h 30. L'heure du masque spécial resserrage de pores a sonné (rien de pire qu'un pore relâché).

Hmmm. Étendue sur mon lit en attendant que mes pores daignent se resserrer.

Dans mon livre, j'ai lu que la pratique du yoga permettait d'accéder à l'harmonie intérieure. Je ferais bien de m'y remettre.

17 h 35. Trop génial, l'auteur du bouquin nous apprend qu'il est « super content » d'avoir commencé le yoga méga jeune.

17 h 37. Si ça se trouve, c'est un « super trouduc » ?

17 h 39. À moins que je ne sois « super critique » ? Qui sait ?

Coup de fil à Jas avec maintien de mon masque spécial resserrage de pores dans ses bases. Gare au craquage. Vati qui passait par là m'a fait l'orang-outan pour rigoler (dans son cas, inutile de forcer la mascarade, la ressemblance est frappante). Je ne lui ai même pas jeté un regard.

– Allô, Jas, ques tu mé c'soi ?

– Un haut violet col en V et un pantalon taille basse.

Hmmm.

Coup de fil à Rosie.

– Com tu te coiff c'soi ?

– Je me fais des nattes.

Bigre. Il semblerait que question look la

palette soit assez vaste. Ça va de super baba cool à *Bonne nuit, les petits*.

18 h 20. J'ai essayé toutes mes tenues. Je ne sais absolument pas quoi me mettre. C'est dans ce genre de situation que l'absence de relookeuse personnelle se fait cruellement sentir. C'est clair que pour accompagner Super-Canon aux cérémonies de remise de prix, j'aurai intérêt à faire appel à un professionnel. Bien sûr, je ne m'adresserai jamais à celui qui conseille si brillamment Elton John. Pas folle, la guêpe. Non, moi, je pense plutôt à quelqu'un de normal. Hyper classieux. Et méga compétent.

18 h 30. Décision finale, j'ai opté pour la tenue hypra sophistiquée. Traduction : tout en noir. Avec accessoires noirs pour le côté flashy (à condition bien sûr d'arriver à subtiliser le sac Chanel de Mutti sans qu'elle s'en aperçoive).

18 h 35. Je vous décris le résultat : débardeur en cuir, mini et bottes. Le tout noir.

Que peut bien révéler cette tenue terriblement classe de ma mystérieuse personnalité ? Que je marie habilement sophistication et décontracture ? Que ma vraie nature de Cruella ne demande qu'à s'exprimer ? Que je suis la copine d'un Super-Canon ? Que j'en tiens une méga couche ?

18 h 38. Je me demande ce que Super-Canon mettra ce soir. Pourquoi s'encombrer le cerveau de questions aussi vaines quand on sait que tout le monde est grosso modo très nu sous ses habits ?

Est-ce que je vous ai dit que j'adorais la bouche de Robbie ? Elle est trop super fondante et en même temps méga bien dessinée et trop sexy à la fois. Et puis, elle est à moi, moi, moi !!! Je vous ferai remarquer que j'aime également ses cheveux. Ils sont sublimes et noirs et tout et tout. Et les yeux... j'oubliais les yeux. Trop bleus, les yeux... délire. Et les cils. Et les bras. Et la langue... Si on va par là, je crois que j'aime tout de lui. Enfin, tout ce que j'en ai vu en tout cas.

Je me demande ce que Super-Canon préfère chez moi. Si je savais quoi, je le mettrais illico en valeur. Prenons mes yeux par exemple, je suis assez gâtée par la nature, il faut le reconnaître. Maintenant, mon nez... bon bref, passons. Côté bouche, le Créateur n'y est pas allé de main morte, mais pas impossible que ce soit un plus. À vérifier.

18 h 45. Coup de fil à Jas.

– Salut, ma vieille. À ton avis, qu'est-ce que j'ai de mieux ? La bouche ? Le sourire ? La décontracture sophistiquée ?

– Tu m'embrouilles. Je ne sais plus quoi répondre, maintenant. Je pensais dire tes joues.

Nom d'un frelon mythomane.

18 h 50. Re-coup de fil à Jas.

– Au fait, Jas, qu'est-ce que tu ferais au chapitre nunga-nungas ? Tu prendrais l'option « Je revendique le surdéveloppement de mes nunga-nungas en les mettant méchamment en valeur », ou tu la jouerais plutôt « Je les plaque à mort et je ne respire plus de la soirée » ?

Trop dommage, je ne saurai jamais l'avis de Jas sur la question. Vati a choisi précisément ce moment-là pour piquer une crise de l'enfer sous prétexte que j'étais pendue au téléphone. Pendue au téléphone !

– Nom d'un chien de nom d'un chien, peux-tu m'expliquer pourquoi tu débites des inepties à Jas au téléphone alors que, d'ici cinq minutes, tu pourras le faire en direct et sans que ça me coûte un rond ?

Ce n'est pas moi qui débite des inepties. C'est lui. D'ailleurs, il ne les débite pas, il les hurle. Vati est la copie conforme d'Œil-de-Lynx. La barbe en plus.

J'ai dit à Mutti :

– Tu ne pourrais pas suggérer au type avec qui tu vis d'aller se dégoter un bon petit boulot à cumuler avec ses fonctions de bourreau de chat et de prof à la noix ?

QG de la beautitude

19 h 00. Jas est venue me chercher pour qu'on parte ensemble à la grosse horloge retrouver

le Top Gang. Soit dit en passant, j'avais besoin d'elle pour une urgence beauté. Je ne m'explique pas ce mystère, mais j'ai complètement oublié de me vernir les ongles de pied et, vue l'étroitesse de la jupe, impossible de me pencher pour atteindre mes orteils. Je reconnais que j'aurais pu enlever la mini, mais alors à quoi bon avoir des copines ?

De toutes les manières, je suis bien trop surexcitée pour arriver à vernir droit. Le froid polaire qui règne au premier nous a propulsées au salon. Ma chambre et la Sibérie : même combat (enfin, je suppute). Vati était en train de regarder les nouvelles à la télé, mais nous avons fait fi de cette présence importune et Jas s'est mise au boulot vite fait. J'avais opté pour un violet nacré assez discret, songeant que si pour une raison ou une autre mes collants venaient à tomber subitement au cours de la soirée, Robbie serait séduit par la couleur. Bref, Jas vernissait gentiment mes doigts de pied quand, tout à coup, un type dans le poste énonce une nouvelle d'importance : « Ce soir, le Premier-Ministre a réintégré sa résidence, Downing Street… au numéro dix… »

Regard éloquent à la copine agenouillée à mes pieds accompagné d'un « Chapeau ! » (sous-entendu : il ne s'embête pas le Premier-Ministre pour aller au numéro dix!). Fou rire immédiat.

Vati nous a jeté un œil torve, style j'ai affaire à des folles.

À la grosse horloge

20 h 00. Quand on est arrivées à la grosse horloge, les copines étaient déjà là. Le Top Gang au grand complet est parti bras dessus bras dessous au concert. Je n'en revenais pas moi-même, c'était la toute première fois que je pouvais révéler à la face du monde que j'étais la copine d'un Super-Canon ! Mais je n'allais pas laisser ce statut ô combien convoité me monter à la tête. Vous me connaissez.

Lalalalalalalalalalala. Mervi merva mêêêêêêêêêrveilleux. Mangez la poussière, les vermisseaux !

En arrivant devant le Marquis quelle ne fut pas ma consternation d'apercevoir dans la file d'attente… Lindsay la Nouillasse, l'ex de Robbie. C'est incroyable, il faut toujours qu'il y ait un lézard, même dans un ciel d'azur. La pauvre fille a le plus petit front du monde. Honnêtement, c'est frange plus sourcils, point. La Nouillasse était en train de bavasser avec ses copines, Sandra la Nase et Kate la Consternante, aussi tronche de cake l'une que l'autre. Chaque fois que j'ai la malchance de tomber sur Lindsay la Nouillasse, je ne peux m'empêcher de penser au rembourrage de flotteur qu'elle planque sous son T-shirt.

J'ai sorti à Jas :

– Dis, tu crois que Robbie était au courant pour ses faux nunga-nungas ?

Miss Frangette ne m'écoutait absolument pas. Elle était en train d'agiter stupidement la main vers son Tom avec un sourire trop niais sur la figure.

La discothèque était pleine à craquer. Une fois dans la place, je ne savais pas trop quelle était la procédure à suivre. Fallait-il ou non que j'aille trouver Robbie direct ? Possible que ce ne soit pas très indiqué. Dans le doute, je me suis dit qu'il valait mieux procéder à une retouche maquillage. D'autant que si le chasseur de talents était dans les parages, il ne fallait pas manquer l'occasion. Imaginez un peu qu'il soit à la recherche de filles pour former un groupe !

J'ai glissé à Jas :

– T'imagines si notre groupe était repéré par le chasseur de machins ?

– T'es vraiment pas bien, Gee. Personne ne sait chanter. Sans parler de jouer d'un instrument. Et je te ferai remarquer qu'on n'est pas un groupe.

Dieu que cette fille est pointilleuse.

Dans les goguenots, c'était le chaos complet. Impossible d'approcher de la glace. Comme de juste, les sœurs Craignos occupaient déjà les lieux à se tartiner la tronche de fond de teint. Je suis prête à parier que la consommation quotidienne d'Alison au rayon trompe-couillon avoisine les deux kilos. Il faut bien ça pour camoufler ses pustules géantes. Serais-je cruelle ? Non... précise, simplement.

En sortant des pipi-rooms, j'ai failli me casser la binette tellement il faisait noir. C'est le genre d'endroit où il vaut mieux être chauve-souris, croyez-moi. Et là, d'un coup, jaillissant de l'obscurité tel un Super-Canon en pantalon : Robbie en train d'accorder sa guitare. Quand il m'a vue, il a souri. C'est tout juste si je n'ai pas volé jusqu'à la scène. Arrivée à destination, je n'ai même pas eu le temps de dire « sal... » qu'il m'entraînait dans la loge des Stiff Dylans. (« Non, non, je t'en supplie », hurlai-je... intérieurement.) C'était la première fois que je me retrouvais back-stage. Il faudra bien que je m'y habitue. Bientôt, ce sera mon lot.

Excellente séance bécots (six et demi sur l'échelle de ce que vous savez) mais relativement courte pour cause de retour sur scène de la super star. Robbie devait finir de se préparer avec ses collègues. En me quittant, il m'a fait :

– À toute. À la pause.

Retour dare dare aux toilettes pour contrôle maquillage d'urgence. Tout mon brillant était parti ! Dissous de lui-même au cours de la séance bécots.

21h00. Trop génial. Totale éclate sur la piste de danse.

Après m'être fait bringuebaler dans tous les sens par le géant des steppes glacées, Sven, je suis allée m'asseoir à côté de Rosie. Histoire de récupérer un peu.

De mon poste d'observation, je voyais l'immonde Lindsay la Nouillasse en train de se trémousser juste devant la scène. Pathétique, non ? Si je réfléchis bien, toutes les filles sans exception étaient en train de remuer du popotin devant mon Super-Canon. Et de lui sourire à qui mieux mieux. Sauf que lui n'avait d'yeux que pour moi. Enfin, ça aurait pu être le cas si Super-Canon avait eu un chien policier capable de me dénicher derrière un pilier dans le noir absolu. Et de dire à son maître où j'étais. À côté de la scène, il y avait un type en costume, style assez vieux. À tous les coups, c'était le chasseur de talents.

Il faisait une chaleur de veau. J'ai filé vite fait bien fait aux toilettes vérifier que je n'avais pas tourné langouste atrocement congestionnée. Mon eye-liner waterproof tenait le coup. Tant mieux.

Devant la glace, Rosie était en train de refaire ses tresses.

Moi :

– Dis, ma Roro, tu es jalouse de ton Sven, toi ?

– Non, pas vraiment. Tu sais, il est plutôt mûr dans son genre.

En sortant des goguenots, la première personne qu'on a vue, c'est Sven… au milieu d'un énorme cercle. Il dansait le kazatchok avec un verre en équilibre sur la tête. La grosse interrogation (du moins en ce qui me concernait) était de savoir comment il arrivait à s'accroupir avec un jean aussi serré. J'ai partagé mon inquiétude avec Rosie qui m'a répondu ceci :

– C'est comme ça. Il adore avoir le vermicelle bien calé.

Le vermicelle bien calé ! J'ai cru qu'on ne pourrait plus s'arrêter de pouffer. On est parties retrouver Sven sur la piste et, pour la marrade, on a dansé à toute allure sur un morceau hypra lent. Ensuite, tout le Top Gang est venu nous rejoindre et on a inauguré la danse du vermicelle. Super marrade et trop bien. Enfin, c'est mon avis, et je le partage. Cela démontre, comme s'il le fallait, que je ne suis vraiment pas manchote sur une piste de danse. Que je la joue groupe ou perso.

Les sœurs Craignos tchatchaient avec des gros lards en vestes de cuir. Et, comme de juste, elles fumaient. D'ailleurs, j'avais un mal fou à distinguer leurs bobines à travers le nuage qui les entourait. J'ai quand même réussi à aviser une moustache sous le pif d'un des deux tas de saindoux. J'ai crié à Jools (pour me faire entendre) :

– Essaye d'imaginer que tu te bécotes avec quelqu'un qui a une moustache !

– Tu veux dire, comme... la Mère Stamp ?

Les Craignos ont fini par changer de crèmerie suivies des gras-doubles. Je suppute qu'elles projetaient d'aller au numéro huit dans quelque recoin sombre. Beurk !

21 h 30. Rollo était au bar avec ses poteaux et ça faisait des heures que Jools le dévorait des yeux. Elle me rebattait les oreilles avec son Rollo à la noix alors que je m'étais abîmée dans la contemplation de mon Super-Canon. Il est trooooop génial. C'est de loin le plus craquant du groupe. Les autres ne sont pas mal mais il leur manque ce petit quelque chose qui n'appartient qu'à Super-Canon. Le surcroît de bécosité. Une sublimité doublée de merveillosité. Bref, la supercanonitude.

C'est clair que Jools n'avait pas percuté que j'errais béate au paradis du bécot car la pauvre fille continuait à délirer :

– Il est vraiment mignon, tu ne trouves pas ?

– Il est sublime, tu veux dire. Et il est à moi moi moi.

– Gee, réveille-toi. Je te parle de Rollo.

Dire que je m'en fichais est faible. Mais mon manque d'intérêt manifeste pour le sujet n'a pas stoppé Jools.

– Dis, tu crois que je devrais aller le trouver ?

Silence.

– Ou tu penses que c'est trop direct ?

Silence.

– Je crois qu'il vaut mieux la jouer froide. Qu'est-ce que tu en penses ? Oui, c'est ça, je vais faire la distante. Rollo devra me supplier à genoux pour que je m'intéresse à lui.

Cinq minutes plus tard

21h35. Rollo est venu chercher Jools pour l'inviter à danser. Je ne vous raconte pas le fard. Plus cramoisie que cramoisie, la Jools. Bref, elle dansait avec son Rollo et, beaucoup plus important, elle avait fini de me bassiner avec

Un quart d'heure après

21h50. Jools est assise sur les genoux de Rollo. Ils se bécotent à mort. Comme je l'ai fait remarquer à Ellen :

– Pas de doute, Jools a choisi l'option « je la joue froide ».

Ellen avait l'air ailleurs. Il faut être juste, elle attendait Dave la Marrade depuis des heures. Je ne vous dis pas le nombre de fois que je l'ai accompagnée aux toilettes pour vérifier si par hasard elle ne l'aurait pas manqué dans le noir.

Personne ne peut le contester, je suis vraiment la super copine par excellence. Jas, par exemple, ne ferait jamais la navette jusqu'aux cabinets toutes les cinq secondes. La première explication c'est que Miss Frangette est littéralement collée à son Tom. Cette fille n'a vraiment aucun amour-propre.

Soit dit en passant, un nombre considérable de garçons m'ont invitée à danser. Enfin, à la façon des garçons. Qui consiste à frimer devant moi pendant que je me déchaîne sur la piste avec les copines. Je me demande si je n'aurais pas chopé ce machin des babouins. Mais si, quand la femelle babouin est d'humeur à « vous voyez ce que je veux dire », elle a le postérieur qui vire au rose soutenu. C'est comme ça que tous les mâles du quartier savent qu'ils peuvent rappliquer. À tous les coups, c'est ça. J'ai l'équivalent du cucul rose de la babouine parce que je suis amoureuse de Super-Canon !

22 h 00. À la pause, Robbie est descendu de la scène et il m'a tout de suite cherchée des yeux. Enfin, le moment tant attendu où le monde entier allait apprendre *the* nouvelle était arrivé : Georgia Nicolson et Super-Canon sortent ensemble !!! Mon rêve se réalisait. J'étais la P B officielle de Robbie (Partenaire Bécots). Plus question de dissimuler notre amour. À nous les séances bécots à tout va ! J'étais total morte d'impatience de voir la tronche de Lindsay la Nouillasse quand Robbie me prendrait dans ses bras. Youpi ya ! Youpi ya ! Et yesssss par-dessus le marché !!!!!

Je ne touchais carrément plus terre même si officiellement j'étais en train de siroter un verre tout en faisant la converse au couple Jas-Tom. Dès que Jas me disait un truc particulièrement horripilant, je lui faisais :

– OhmonDieumonDieumonDieu, il est en train d'approcher… Oh non, ne me dis pas que cette triple buse de Sammy Mason est en train de lui sauter dessus.

Et Jas répondait :

– Elle est plutôt sympa, Sammy. Et en sciences nat, elle touche vraiment sa bille.

Non, mais le nombre de fadaises que Miss Frangette est capable de sortir à la seconde, c'est proprement hallucinant. Total, j'ai été obligée de mettre le holà :

– Écoute, Jas, tu es gentille. Tu fais juste semblant de me parler, mais tu ne me parles surtout pas. Sinon je crois que je te dévisse la tête.

C'est malin, maintenant il y avait toute une tripotée de filles en train de glousser comme des dindes autour de Super-Canon !!! Et comme si ça n'était pas suffisant, Lindsay la Nouillasse effectuait une manœuvre d'approche. Non, mais je rêve, elle était en train de lui toucher la joue. De sa main visqueuse. Tom m'a fait :

– Laisse tomber, Gee. Robbie préférera sûrement que tu ne fasses pas un souk.

Je te le garantis.

De quoi je me mêle ? Qu'est-ce qu'il en savait Craquos de ce que mon Robbie aimait ou pas ? Et d'ajouter :

– Et puis, ça ne fait pas bien longtemps que tu t'es remise de ton entorse. Ce coup-ci, Lindsay risque de t'achever.

Bien vu. Pour ceux qui ne seraient pas au courant, la Nouillasse m'a sauvagement attaqué la cheville à la crosse de hockey le trimestre dernier. Craquos avait raison, je n'avais pas la plus petite envie de me retrouver à boitiller encore deux semaines.

Ça me mettait les nerfs en pelote d'attendre Super-Canon et je vous prie de croire que l'incidence sur la vessie n'était pas mince. Un passage au service pipi & Cie s'imposait au plus vite. Ça ne faisait pas deux secondes que j'étais dans les toilettes que Rosie se pointait, accompagnée de... Sven. Le Viking hurlait :

– Oh, *ja*, c'est donc ça les pipi-rooms des *garçonnes* ?

Semant la panique dans le secteur. Quatre filles ont giclé hors des toilettes en couinant comme des gorettes.

Sven n'est vraiment pas banal comme Norvégien. Possible que les toilettes soient bisexuelles dans son pays. Mais non je me goure, c'est monocycles que je voulais dire. Ce n'est pas ça non plus. Ça y est, j'y suis. C'est unisexe, le mot. Voilà. Vous croyez que la présence de

Sven dans les toilettes pour filles aurait troublé Rosie ? Pas le moins du monde. Note, chacun sait que Rosie a raté de peu la normalité, elle aussi. La copine était venue me transmettre un message de la plus haute importance :

– Robbie t'attend dans sa loge.

Oh, nom de nom. Mode bécot déclenché ! Ultime retouche au chapitre brillant et je fonce retrouver mon Super-Canon. J'étais à peine à deux mètres de la loge quand qui j'avise à nouveau collée à Robbie ? Lindsay la Nouillasse. Détail qui tue, elle lui tripotait le col de chemise.

J'hallucinais.

Quand Robbie m'a vue arriver, il a levé un sourcil expressif et m'a fait un petit signe dans le dos de la Nouillasse, style « attends cinq minutes ».

J'étais blême, tel le perce-oreille atteint de blêmitude.

« Attends cinq minutes » à cause d'elle...

J'hallucinais.

Retour sur la piste de danse où mes soi-disant copines étaient toutes trop occupées à se bécoter avec des garçons pour me tendre une oreille charitable. Très bien, j'agirai seule. J'ai déclaré à Jas (enfin à Jas et au dos de Tom, ils étaient en train de danser le slow) :

– Pas question que je joue les doublures d'un phasme.

Jas :

– Qu'est-ce que tu comptes faire ?

Je ne vous dis pas comme c'était commode de parler à Jas dans ces conditions. Contrainte de les suivre et de faire genre celle qui danse.

– Je monte à la mezzanine. Si Robbie te demande où je suis, tu lui dis que tu n'en sais rien.

Et j'ai filé me planquer en haut des marches au premier. La mezzanine, c'est le coin où les couples qui souhaitent se bécoter tranquilles montent se réfugier. Tout le monde m'a regardée bizarrement, mais je m'en fichais comme de l'an quarante. De mon perchoir, je voyais Super-Canon en train de me chercher comme un fou. Il a même envoyé Jas au service pipi & Cie voir si j'y étais. Miss Frangette m'a fait un clin d'œil méga discret, style je te fais un clin d'œil, en partant s'acquitter de sa mission. Pauvre fille. Si elle avait été espionne pendant la guerre, il aurait suffi qu'un officier allemand lui passe un coup de bigo, style : « Quel est le zecret que fous ne devez réféler zous aucun prétexte ? » pour qu'elle lui crache le morceau illico, taille du soutif de la reine compris (150 bonnet D).

Bref, Robbie se faisait de plus en plus de mouron. Ça se voyait. Ah et triple ah. Ahahah, par le fait. Cette fois M. Super-Canon, à toi de déguster.

D'un autre côté et du mauvais, je me retrouvais privée de bécots avec cette affaire.

22h20. Dès que Super-Canon est remonté sur scène pour la deuxième partie du concert, j'ai filé aux goguenots telle la flèche. Ellen était assise sur le lavabo en train de se morfondre comme rare.

Ellen :

– J'en peux plus, Gee, je rentre. Dave la Marrade m'avait dit qu'on se retrouvait au concert et il n'est même pas venu.

Bonne copine, je lui ai sorti mon couplet spécial bourré de philosophitude intégrant théorie de l'élastique et grand mystère sur le sens du « à plus » des garçons, etc., etc. Mais rien n'y a fait. Ellen est rentrée chez elle en loques.

De retour dans la boîte, je me suis arrangée pour me trouver pile dans la ligne de mire de Robbie de façon à bien lui montrer que j'en avais gros sur la patate. Il a tenté le sourire qui tue mais je l'ai ignoré. J'ai fait celle qui se marrait comme une folle avec ses copines. D'ailleurs, j'étais en train de dire à Rosie :

– Lindsay la Nouillasse danse comme une souche et en plus ses cheveux n'ont pas le moindre ressort.

Ils ne sont pas les seuls. Ses flotteurs non plus n'ont pas de ressort. Pourtant, ce n'est pas faute de les encourager (par tous les subterfuges possibles). La Nouillasse a les flotteurs bêtement posés. Personnellement en tant que personne, j'apprécie assez un brin de ressort au rayon nunga-nungas.

À ce propos, je me demande ce que donnent les miens au niveau ressort quand je laisse parler mon corps sur une piste de danse. À vérifier immédiatement. Je me suis planquée dans un coin sombre derrière le bar, histoire d'effectuer le contrôle loin des regards indiscrets. Aucun doute possible, j'ai les nunga-nungas qui s'agitent quand je danse. Précision, pas toujours en rythme. Et si j'essayais avec les épaules totalement rigides ? Possible que, dans ce cas, les flotteurs fassent le mort. J'étais en pleine démo quand devinez qui surgit devant moi ? Dave la Marrade. J'étais tellement sciée que je n'ai pas pu m'empêcher de demander :

– Mais où tu étais passé ?

Il a souri. Il était vraiment craquant en noir.

– Pourquoi ? Je t'ai manqué, Miss Largueuse ?

Mais rien d'acerbe dans la remarque. Si ça se trouve, j'étais pardonnée.

– C'est dingue la chaleur qu'il fait ici. Ça te dirait de boire un truc frais, Gee ?

Quel mal y avait-il à boire un verre avec un ex-largué ? Aucun.

Quand Jas m'a vue rappliquer au bar avec la Marrade, les yeux lui sont sortis de la tête. Honnêtement, on dirait qu'elle a cinquante ans. Vous allez voir que, dans un avenir assez proche, elle ira faire ses courses avec un foulard sur la tête et que je la retrouverai en train de discuter du prix de la patate avec le premier venu (c'est-à-dire : personne).

Si Super-Canon fait la causette avec ses ex, pourquoi pas moi ?

Bref, on est sortis dehors avec Dave, histoire de respirer un peu. Mine de rien, je lui ai fait :

– Dave, je te demande pardon de... tu vois quoi... de t'avoir fait jouer la chèvre.

– Ben... c'est vrai qu'à l'époque ça m'a vraiment miné.

Il avait l'air atrocement sérieux. Ça ne lui ressemblait pas du tout. Oh, nom de nom, j'étais censée avoir une marrade. À quoi bon s'appeler la Marrade s'il n'y avait pas marrade ? Autant s'appeler Dave la Tristade à ce compte-là. Taistoi, cerveau.

Moi :

– Ben... tu sais... je

– Georgia, il faut que je te dise quelque chose... je...

OhmonDieumonDieumonDieu. Il était au bord de chouiner. À nouveau coincée au rayon procédures. Je n'avais pas la moindre idée de ce qu'il convenait de faire en pareille circonstance. Je n'y connais rien en larmes de garçon, moi. Ma seule expertise dans le domaine, c'est le bécot. Le mieux était de fixer mon verre. Trop dommage, ça ne m'a pas empêchée de me rendre compte qu'il se prenait la tête entre les mains. Tous aux abris. Surtout ne pas le regarder. Ne pas quitter mon verre des yeux. Je me concentrais à mort sur mon Coca quand il m'a fait, la voix style brisée :

– Je n'ai pas pu t'oublier, Georgia… Je crois… je crois que je t'aime.

Oh, foutu *sacré bleu* et triple *caca*.

– Écoute, Dave, je ne sais pas quoi te dire. Je…

– Peut-être que tu pourrais m'embrasser. Juste une dernière fois.

Et là, bien sûr, je me tourne vers lui. Et lui pareil.

Et quand il relève la tête, qu'est-ce que je vois ? Un gros nez rouge de clown sur sa figure !!!!!!

J'ai explosé de rire. Et pourtant, il s'était payé ma tête ! Trop drôle le Dave avec son faux pif. On était morts de rire tous les deux.

Mais ensuite, il s'est passé un truc épouvantable. Je vous jure que c'est sans le faire exprès. Je me suis retrouvée en total lèvres-lèvres contact maxi avec la Marrade !!!! (Précision, il avait enlevé son faux nez avant…)

Minuit. La densité de l'azimutage était telle que j'étais dehors avant même que Vati ait le temps de se garer devant la boîte. Franchement, il aurait pu éviter la cagoule. Et puis, je me serais crue à *Questions pour un champion* dans la voiture. Il n'arrêtait pas de me demander : « Et alors, tu t'es bien amusée ? Et alors, il y a des garçons qui t'ont invitée à danser ? Et alors, etc., etc. »

Qu'est-ce que c'était que cette manie de tout vouloir savoir ? Personnellement en ce qui me concerne, je me contretamponne de sa vie. Alors pourquoi cet intérêt stupide pour la mienne ? Je lui dirais bien à quel point il est lamentable, mais pour ça il faudrait lui parler. Or, je ne lui adresse plus la parole.

1h00. Je n'ai pas pu dire au revoir à Super-Canon, ni quoi que ce soit d'autre d'ailleurs. Impossible. À Dave la Marrade non plus. Après le bécot accidentel, j'étais dans un drôle d'état. Un genre d'hébétude. Dave la Marrade était tout bizarre lui aussi. Il m'a fait :

– Euh… bon… ben… je crois que je vais… euh… retourner au…

– Oui… euh… je crois…

Mais ni l'un ni l'autre ne savait ce qu'il disait.

Il faut se rendre à l'évidence, mon rosissement popotal maxi m'a entraînée trop loin cette fois.

2h00. Aurais-je tourné petite cochonne à cucul rose ?

Qu'est-ce que je vais bien pouvoir dire à Robbie ?

2h30. Mais enfin, il n'y a pas de quoi fouetter un hérisson, ce n'était qu'un tout petit baiser! Après tout, je suis une adolescente. J'ai... comment ça s'appelle déjà ce machin... ah, oui, la rage de vivre. En plus, si ça se trouve c'est une histoire d'hormones qui m'a poussée à une telle extrémité (monsieur l'inspecteur).

3h00. Non, mais on ne va pas faire tout un plat d'un pauvre petit bécot entre ex!

3h01. Avec un rien d'activité au rayon langue.

3h03. Saupoudré d'un zeste de lordillon de mèvres.

3h04. LORDILLON DE MÈVRES???? Mais qu'est-ce que je raconte? Voilà que je fais de la dyslexie de cerveau. C'est vous dire l'état. Vous aurez corrigé de vous-même. Je voulais dire mordillon de lèvres, bien sûr.

En tout cas, je ne suis pas seule dans le wagon culpabilité. Dave la Marrade m'accompagne. Il a trahi Ellen.

3h05. OhmonDieumonDieumonDieu, j'avais oublié. Ellen est ma copine. Je suis monstrueuse.

Jésus n'aurait jamais fait une chose pareille à un copain.

3 h 15. Je ne trouverai plus jamais le sommeil. Zzzzzzzzzzzzzzzzzzzzz.

Dimanche 7 novembre

9 h 00. Téléphone.

– Aggô ? Oui, oui, oui, oui, oui, oui, oui, oui. Écoute, écoute.

Dans un demi-sommeil, j'ai entendu ma petite sœur adorée entamer une version très personnelle de *Au clair de la lune* accompagnée de bruits pour le moins alarmants, sans doute une chorégraphie de son invention. Je plaignais de tout cœur l'infortuné à l'autre bout du fil.

– Au père de la dune.. mon tapis Pierrot.. Prête-moi ta clume…

L'organe est puissant chez les tout-petits. Le volume a obligé Mutti à se lever pour faire taire l'enfant.

– Libby, donne le téléphone à maman tout de suite.

L'injonction a été suivie de bruits de lutte acharnée et d'enfant qui crache sur sa mère. Un calme relatif est revenu et Mutti a dit dans le combiné :

– Allô ? Entendu. Ne quittez pas. Je vais voir si elle est réveillée.

Puis elle a crié du bas de l'escalier :

– Georgie. C'est pour toi. Robbie.

En deux secondes chrono, j'étais en bas. Rapide coup d'œil dans la glace, histoire de vérifier que je n'étais pas coiffée comme l'as de pique. Je sais, je sais, cela supposait que Super-Canon puisse me voir dans le combiné. Allez savoir, il a peut-être des pouvoirs style extra-sensoriels capables de détecter le rosissement de mon postérieur. OhmonDieumonDieumon-Dieu, Super-Canon dans le téléphone !!!! Mutti m'a passé le combiné avec un clin d'œil. Pas de ça, Lisette. Surtout pas.

J'ai fait le max pour que ma voix ne trahisse pas ma duplicité. Mon idée était de parvenir à un mélange de totale décontracture matinée de maturosité. Sans la moindre trace de rosissement popotal.

– Salut. (Pas mal, non ?)

– Georgia, c'est toi ? Qu'est-ce qui s'est passé hier soir ? Où étais-tu passée ? Jas m'a dit que tu avais eu un problème avec ton père et que tu avais été obligée de rentrer.

Ouf. Pour une fois dans sa vie, Miss Frangette avait eu une initiative heureuse.

– Euh… oui, c'est ça. Mon père était de méga mauvaise humeur… Je pense que si je n'étais pas sortie le rejoindre, il serait entré dans la boîte et il aurait dansé le twist. Je ne voulais imposer ça à personne.

Nom d'une guêpe anglophone, qu'est-ce que j'étais en train de blablater ?

Heureusement, mon délire a eu le mérite de décontracter Robbie.

– Georgia, pardonne-moi pour hier soir. Tu sais, je mourais d'envie d'être avec toi. Seulement, il y a eu ce truc avec Lindsay… Et puis le type de la maison de disques voulait absolument nous parler après le concert.

Malgré tout, c'était trop bien de parler avec lui. Pour finir, le type de la maison de disques veut signer avec les Stiff Dylans.

Génial !

Juste avant de raccrocher, Robbie m'a donné rendez-vous en bas de la rue à midi.

Je suis remontée dans ma chambre, Mutti sur les talons.

– Alors, ma chérie. C'est Robbie l'heureux élu ? C'est bien celui qui est très mignon, n'est-ce pas ?

Motus et bouche cousue. J'ai fait comme si elle n'existait pas et je suis passée aux priorités : me faire mon look hypra naturel (à peine un soupçon de crème teintée). Officiellement, je ne parle plus à Mutti (en raison de son statut d'esclave du bourreau de chat), sauf pour lui réclamer mon argent de poche. Mon mutisme ne l'a pas empêchée de poursuivre :

– Sois raisonnable, Gee. C'était la seule chose à faire. C'est cruel de garder un animal sauvage enfermé.

– À ce compte-là, tu n'as qu'à lâcher Vati

dans le jardin pour qu'il aille renifler les plates-bandes.

Retour de la mère dans toute sa splendeur.

– Tu n'es pas drôle du tout quand tu es insolente, tu sais. On essaie seulement de faire de notre mieux avec ton père.

Quand Mutti est sortie de ma chambre, j'aurais juré qu'elle avait l'œil humide. Oh, *caca* et re-*caca*.

22 h 00. C'était trop top de sortir avec mon amoureux. Vraiment, je ne blague pas, c'était génial. On est tombés sur des copains de Robbie qui nous ont invités chez eux. À part Dom des Stiff Dylans, je ne connaissais personne. Ils étaient tous plus vieux que moi. Trop bien, non ? Et Super-Canon me tenait la main devant eux!!!!!

À un moment, un des garçons m'a demandé ce que je comptais faire à la fac et pour une raison que j'ignore, j'ai répondu : « Clodette ».

Après cette sortie mirobolante, je n'ai plus ouvert la bouche. Je me suis tenue coite, un sourire terriblement crétin figé sur la figure.

Dom et Robbie ont passé leur temps à discuter du disque des Stiff Dylans. Ses copains sont très sympas. Si, si, je vous assure. Et puis vers la fin, John m'a demandé si je fumais et j'ai eu le malheur de dire : « Seulement quand j'ai la perruque en feu. » Tout le monde m'a regardée, l'air rond.

23h30. C'était dément, Super-Canon m'a dit que je lui plaisais à mort et j'ai eu droit aux petits bécots de cou. Et d'oreille.

Le seul grumeau dans la béchamel, c'est la théorie de Rosie sur le surdéveloppement des organes pour cause de bécotage excessif (style les lèvres). Faut-il ou non redouter la survenue d'oreilles éléphantesques si Super-Canon continue à me bécoter dans la zone ?

Minuit. Lalalalalalalalalalère.

1h00. Honnêtement, c'est un peu bizarre de se retrouver avec des gens plus vieux que soi.

1h15. Bref, mon cucul rose est couché et il n'est pas près de repointer son vilain museau. Le lordillon de mèvres est (loin) derrière moi.

Je suis et resterai à jamais la copine d'un Super-Canon.

FIN.

VERMICELLE À TOUS LES ÉTAGES

Lundi 8 novembre

7 h 45. Réveillée à l'aube par Vati qui fait un raffut d'enfer dans la cuisine en chantant à tue-tête : « On a gagné ! On a gagné ! »

La nouvelle du jour, c'est qu'il a trouvé du boulot. Un dingue lui a proposé de s'occuper de systèmes hydrauliques ou de je ne sais quel bastringue du même acabit.

J'ai accueilli la chose avec ce commentaire pertinent :

– Dans ce cas, il serait prudent de creuser un puits dans le jardin.

Personne n'a relevé. M et V étaient bien trop occupés à se bécoter pour prêter l'oreille à leur progéniture. Beurk, beurk, beurk. Il semblerait qu'un fait d'une extrême importance leur ait également échappé : je les ai rayés de mon existence.

Vati a été insupportable tout le petit déj'. Figurez-vous qu'il avait jeté sa robe de chambre sur ses épaules, style champion de boxe, et qu'il soulevait Libby d'une main au-dessus de sa tête. Il n'aurait pas dû. L'enfant très joueuse s'est agrippée comme un ouistiti au plafonnier et n'a plus voulu le lâcher. Grande marrade. Aggravée du fait que Vati était au bord de criser. Pas impossible que l'homme soit sujet à un léger problème hormonal spécial homme très mûr à le voir changer d'humeur toutes les cinq secondes. Un coup, il est style finaliste du concours de blagues du comté et, l'autre, il manque de péter un câble sous prétexte que je lui demande gentiment un petit billet. Curieux.

8h15. Retrouvé Jas devant chez elle.

Elle :

– J'ai fait comme tu m'avais dit avec Robbie, mais je ne pige toujours pas pourquoi tu as dû quitter la soirée si vite.

– Vati avait mis une cagoule.

– OK. J'ai compris.

Très inquiétant, Jas a semblé se satisfaire de mon explication. C'est le problème des bobards. Les gens les gobent facilement. Fallait-il ou non lui avouer l'épisode Dave la Marrade ? Jas est ma meilleure amie. On n'a pas de secret l'une pour l'autre. Moi, par exemple, je connais l'existence de ses culottes surdimensionnées. Mais de l'autre main, Jas peut se montrer du genre très morale et compagnie quand elle s'y met. Si ça se trouve, elle m'aurait sorti que ce n'était pas cool de trahir une copine comme Ellen, etc., etc.

Hmmm. On verra ça plus tard. Aux calendes grecques.

Français

13 h 30. Tout le collège a tourné cinglé !

Le lecteur de français est le sosie de David Ginola !!! Je ne blague pas. Il est positivement sublime. Rosie a arrêté de s'épiler les sourcils quand il est entré dans la classe. C'est vous dire. M. Appelez-Moi-Henri est le genre cheveux mi-longs et jean méga moulant. Violent et subit engouement pour le français. Chaque fois que Ginola pose une question, toutes les filles lèvent la main. De mémoire de fille, ça ne s'était jamais vu. D'habitude, tout le monde roupille gentiment la tête posée sur le bureau avec le bras qui pend mollement dans le vide au cas où il y aurait interrogation. C'est notre façon de faire comprendre à la Mère Slack tout le bien que nous pensons de Bécassine, de la veuve Clicquot ou de je ne sais trop quel nase français, dont elle nous rebat les oreilles à longueur d'année.

Récré

14 h 30. La folie Ginola n'épargne personne ! Les profs sont touchés par la fièvre ! Le spectacle de la Mère Œil-de-Lynx en train de glousser stupidement quand elle converse avec Appelez-Moi-Henri vaut le déplacement.

La palme du consternant revient de loin à Herr Kamyer. La présence d'un autre mâle dans l'établissement le met dans tous ses états. Trop dommage, la perspective de se faire un ami secoue le germanophile de tics extravagants. On l'entend dans les couloirs répéter inlassablement :

– *Oh, ja. Oh, ja. Sehr interezant*, Henri.

Quant à Mlle Wilson, j'ai cru que son immonde carré années 70 allait lui tomber de la tête quand Ginola lui a tenu la porte de la salle des profs. Il n'y en a pas un pour racheter l'autre. Le corps enseignant dans son ensemble est pathétique. C'est le concours des faux-derches. Tout le monde fait semblant de se passionner pour l'ail, Édith Piaf ou est-ce que je sais ? Désolant.

En ce qui me concerne moi personnellement, j'ai toujours adoré *le bel France*. Toutes mes copines vous le diront.

16 h 10. En rentrant à la maison, j'ai déclaré à Jas :

– *Je toujours adore le bel France.*

– Ah, bon, je croyais que c'était le contraire. Tu disais qu'il y avait beaucoup trop de Français en France à ton goût.

– C'est pas faux. Mais, cette broutille mise à part, j'adore immensément *le bel France.*

Dîner

18 h 00. – Dis, Mutti. Je pourrais avoir du vin avec mon poisson pané, comme c'est la coutume dans *le bel France* ?

– Ne dis pas de bêtises.

18 h 20. Vati passe prendre Angus chez le véto ce soir.

Avec Libby, on a préparé un petit lit de convalescent au monstre en bourrant son couffin de vieilles couvertures. En sus, la benjamine lui a fait cadeau du nounours borgne pour lui tenir compagnie.

Je n'ose pas imaginer la tristesse du matou, sans parler de ce qu'il doit déguster. Je vais retrouver un fac-similé d'imposture de mon chat d'origine. Dans son nouvel état, le monstre ira rejoindre le tout-venant du chat. Il ne restera plus rien du magnifique croisement labrador-matou qu'il était.

J'ai mis Mutti en garde :

– J'espère que ton programme beauté ne souffrira pas de l'excédent de vermicelle que tu as sur la conscience.

19 h 30. Hahahahahahahahaha. Vati s'est fait déchiqueter le pantalon par Angus dès qu'il a ouvert le panier à chat. Mais ça n'est pas tout, le père de famille n'a même pas eu le temps de refermer la porte du garage que le monstre avait déjà traversé le jardin, direction la clôture.

Deux secondes plus tard, Snowy et Whitey jappaient comme des pintades et le Père Porte-à-Côté s'égosillait.

Champagne !!!!

Dans ma chambre

19 h 50. Bien que l'arrivée du briseur de cœurs français, j'ai nommé Appelez-Moi-Henri, me distraie gentiment, ma traîtrise avec Dave la Marrade continue à me trotter dans la tête. Je ne sais pas quoi faire. Suis-je la seule fille au monde pourvue d'un rosissement popotal caché ? La culpabilité est terrible.

20 h 00. Impossible de me concentrer sur mon devoir de français ! Et pourtant, miracle, j'ai pensé à le rapporter du collège.

Dans *Ne vous noyez pas dans un verre d'eau*, l'auteur préconise de « faire partager nos tourments ».

Le coup de fil à Jas s'imposait. Dingue, elle aussi est touchée par la Ginolamania.

– Dis, Gee, tu ne trouves pas qu'il est… beau ? Pour un Français.

– *Le réponse est oui*. Euh… c'est le cas de *beaucoup les mâles*. C'est archinormal d'être séduite par les garçons mignons quand on est ado.

Ignorant les tourments qui rongent mon cœur, Miss Frangette poursuivait :

– Je ne suis pas d'accord avec toi, Gee. Pour moi, il n'y a que Tom. C'est le seul et unique Craquos de ma vie.

Nom d'une punaise asthmatique.

– Tu viens de me dire que tu trouvais Ginola super mignon.

– Je sais, mais c'est juste un fantasme. Je n'ai pas du tout envie qu'il se réalise.

– D'accord, d'accord. Mais une supposition qu'il fasse chaud et qu'au moment où tu mettrais ta main à couper qu'il va te dire je t'aime, tu t'aperçoives qu'il a un faux nez rouge ? Hein ?

Jas soutient qu'elle ne voit pas de quoi je parle. Conclusion, je garde mon méga tourment pour moi. *Quelque dommage*.

La seule certitude est que je ne dois plus

jamais parler à Dave la Marrade. Jamais. Je dois l'éviter à tout prix. Je serai intransigeante sur ce point.

21 h 00. Dave la Marrade m'a appelée !!!!

Oh, oh.

– Georgia, je t'appelle juste pour te dire qu'il ne faut pas t'en faire. Je sais que tu peux te mettre dans de drôles d'états. Tout va bien, je t'assure. On s'est bien marrés. Point final. Personne n'a besoin de savoir ce qui s'est passé. Restons copains. Ne t'inquiète pas, Miss Givrada.

Mince. Non mais la maturité du garçon, ça m'épate.

N'empêche, il a raison. Je me fais du mal à être si sensible. Je devrais prendre les choses plus relax. Après tout, ce n'était rien qu'un petit bécot.

21 h 05. Assorti de mordillon de lèvres. Et d'un rien d'échange linguistique. C'est tout.

23 h 05. Je me demande où caser le lordillon de mèvres sur l'échelle des choses qu'on fait avec les garçons.

23 h 10. Remise à jour d'urgence du niveau de cotation.

1. Main tenue

2. Prise dans les bras
3. Baiser en se quittant le soir
4. Baiser qui dure plus de trois minutes sans reprendre son souffle
5. Baiser bouche entrouverte
6. Bécot avec la langue
6 1/4. Lordillon de mèvres
6 1/2. Bécot d'oreille
7. Caresses sur la partie supérieure du corps en extérieur
8. Caresses sur la partie supérieure du corps en intérieur (au lit)
9. Activité en dessous de la taille
10. La totale

Minuit. Et une hypothèse qu'on puisse avoir deux copains en même temps ? C'est vrai, quoi, il faut vivre avec son temps. Les relations garçons-filles sont bien plus complexes que dans le temps. C'est une évidence. En France, par exemple, les hommes ont tous une femme et une maîtresse. À tous les coups, Appelez-Moi-Henri a deux copines. Je suis sûre qu'il se tordrait de rire si un type lui disait qu'il est l'homme d'une seule femme. Il dirait un truc du genre :

– *C'est le trop tragique.*

Résultat des courses, si Ginola a deux copines, pourquoi pas moi ? Ce qui vaut pour le hanneton vaut pour la hannetone.

Oui mais, si on va par là, supporterais-je que Super-Canon ait une deuxième copine ? La réponse est non !!!!!!!!!

Mardi 9 novembre

7 h 50. Angus s'amuse comme un fou à terroriser le facteur. « Loch, prenez-moi mon excédent de vermicelle, vous n'aurez jamais ma liberté !!!! »

Sur le chemin du collège

8 h 30. Jas a un léger problème frange (traduction : elle l'a coupée elle-même et ressemble furieusement à Richard II), problème frange qui la rend encore plus absente que d'habitude. Miss Frangette la bien nommée se tripote sa minitouffe frontale frénétiquement. Il faudra que je la zigouille un jour. Mais gentiment. Ployant sous le poids de la culpabilitude, j'étais au bord de lui crier : « C'est bon, j'avoue, il y a eu lordillon de mèvres avec Dave la Marrade. Vas-y, tue-moi. »

Mais je me suis abstenue.

Allemand

10 h 20. Dans un souci de machin-chose européen et en partie parce que j'avais fini de me vernir les ongles, j'ai demandé à Herr Kamyer

comment on disait bécot en langage germanique. La question a provoqué chez l'expert en short à bretelles un état de transe peu banal doublé d'un fard assez prononcé. Il a commencé par faire celui qui ne connaissait pas la signification du mot bécot mais Rosie et Jools se sont empressées de la lui expliquer à grand renfort de lèvres pulpées et d'envoi de baisers. Le message est passé cinq sur cinq. Bécot se dit *frontal knutschen* en allemand.

En sortant de cours, j'ai dit à Rosie :

– Mes conclusions *vis-à-vis* du peuple germanique : plutôt mourir que d'en *knutscher* un.

Français

13 h 30. Quand Jackie Craignos est montée sur l'estrade chercher son devoir (cherchez l'erreur), tout le monde a cru que Ginola allait se retrouver avec les nunga-nungas de l'immonde posés sur la tête. Plus collée tu meurs. Si le mangeur de grenouilles avait eu le manque de bol caractérisé (que j'ai eu) d'apercevoir Jackie en short de gym, il aurait tracé hilare à dos de chameau véloce (ou plutôt chameau *vite* dans son cas).

Oh, oh. Voilà que Dave la Marrade me retrotte dans la tête.

Caca.

18 h 00. Robbie m'a appelée pour me dire que je le bottais vraiment. (Yes !!!) Il part à Londres (bouh !!!) rencontrer le gars de la maison de disques *vis à vis* de devenir une immense rock star. (Youpi !!!!)

Une immense rock star avec une super super copine.

18 h 10. Pour fêter ça, je suis allée me chercher un cracker au fromage à la cuisine. Angus était en train de piquer un petit roupillon dans son couffin. Dieu merci, l'élagage de son vermicelle n'a pas entamé son joyeux caractère, il ronronnait comme une turbine et, plus monstre que nature, il a failli me décapiter la main sous prétexte que je lui donnais des croquettes. Libby qui ne voulait pas être en reste en a aussitôt réclamé.

– Non, Libby, les croquettes ne sont pas pour les asticots comme toi.

– J'aime les asticots.

– Oui, mais…

– Donne des asticots tout de suite !!!

De guerre lasse, je lui ai donné une croquette. Et là, Super-Dingo se pointe dans la cuisine. C'est dingue ça, on n'est jamais tranquille !

– Dis-moi, ma Georgie, qui sont tous ces garçons qui ne cessent de t'appeler ?

J'ai éructé un « Hnyunk » qui signifie pour

tout un chacun (sauf pour les gravement demeurés) : « C'est pas tes oignons. Si tu continues à me poser la question, je te dégobille sur les pantoufles. »

Mais, comme de juste, la portée du « Hnyunk » a totalement échappé à Vati.

– Tu devrais leur dire de passer à la maison. Il faut absolument que tu nous les présentes.

Et bla bla bla.

Moi :

– Comme je te l'ai déjà dit un bon million de fois, il faut que j'y aille.

Dans ma chambre

20 h 00. Toute la petite famille est de sortie. J'ai tellement de révisions que je vais être soulagée de m'y mettre !!!

20 h 05. Bon sang de bonsoir, c'est quoi l'intérêt de Shakespeare ? D'accord, c'est un génie mais le surdoué débloque, croyez-moi.

Prenez Roméo et Juliette par exemple, notre ami William fait demander à son Roméo : « Quelle lumière éclate à ta fenêtre ? »

Ben, c'est la lune, patate ! Percute, mon vieux Will !!!

Interruption pour appeler Rosie.

– Tu es au courant, Roro ? Super-Canon est parti à Londres voir les gens de la maison de disques pour discuter de l'album des Stiff Dylans. C'est pas pour me vanter ni rien, mais en plus de sortir avec un Super-Canon je vais devenir atrocement riche.

– Trop cool. Dis, tu crois que vous allez vivre dans un super appart avec terrasse et perroquets ?

Des perroquets ? Par moment, je suis vraiment inquiète au chapitre copines.

Dans le lointain, j'entendais une voix gutturale qui disait : « Des perroquets, des perroquets. Oh, *ja.* »

Le bûcheron norvégien avait l'air positivement passionné par ces foutus perroquets. Mes nouveaux poteaux.

Rosie :

– Attends une seconde, Gee.

Chaque fois que j'appelle Rosie, ça ne loupe pas, son monumental copain est dans les parages. La raison : Rosie a des parents géniaux qui ont le bon goût de sortir tous les soirs. J'entendais des bruits de bécot étouffés, un genre de gloussements et un truc impossible à identifier qui aurait pu être du langage perroquet en norvégien.

Deux ans plus tard, Rosie a repris le combiné :

– Sven demande si on pourra venir s'installer dans ton super appart ?

– Non.

– D'accord.

23 h 00. Pas question de me laisser pourrir par le fait de partager la vie d'une rock star hyper célèbre. Non, non et non. Je ferai une carrière perso en exploitant un de mes innombrables talents. Hmmm…

Quelle activité pourrait me permettre d'utiliser deux dispositions que le monde entier m'envie : experte en maquillage et experte en danse du vermicelle ?

J'ai trouvé : Clodette hypra maquillée !

Mercredi 10 novembre

Sciences nat

13 h 30. J'imite à la perfection le bol alimentaire en train de crapahuter le long du tube digestif. La Mère Hawkins a qualifié ma prestation de « terriblement réaliste ». Conclusion, elle va me filer des super notes et je pourrai devenir… euh… zut, comment appelle-t-on les gens qui font de la biologie déjà ? Ah, oui, j'y suis : type gravement barbu en train de farfouiller dans un marais. Je crois que je ferais aussi bien de m'en tenir à ma carrière de Clodette.

22 h 00. Je suis montée me coucher. Impossible de rester dans le salon, Vati chantait : *I will always love youuuuuuuuuuuuuuuuuuuuuuuuuuu* de Whitney Nuisance.

23h00. J'étais en train de sombrer dans les bras de Morphée quand j'ai entendu un petit bruit à ma fenêtre. J'ai ouvert et, devinez qui était en bas dans le jardin ? Super-Canon en personne. Avec Angus dans les bras. Aahhhhh. Il m'a envoyé un baiser en chuchotant :

– Descends vite.

J'ai enfilé mon manteau par-dessus mon pyjama à toute berzingue. Il ne me restait qu'une seconde pour le dispositif d'urgence Super-Canon : brillant à lèvres, coup de peigne dans tignasse hérissée et, pour terminer, maintien des narines à l'intérieur de la figure. Tous contrôles effectués, je suis descendue tel le Sioux. Les ancêtres étaient dans le salon en train de chanter l'hymne national… sur un air de Bob Marley. Pas impossible que quelques barriques de *vino tinto* y soient pour quelque chose.

Je ne vous raconte pas la longueur ni l'intensité du bécot que Robbie m'a donné sur le pas de la porte. Angus, qui n'est pas du genre patient, s'est mis à gigoter dans les bras de Robbie en miaulant comme un sourd. Je l'ai jeté vite fait dans la cuisine et je suis ressortie retrouver mon Super-Canon.

– Brrr, il fait frisquet de la nouille, tu ne trouves pas ?

Robbie m'a regardée comme si j'étais moitié aliénée (moitié givrée). Ce que je suis pour finir. Total, il n'avait pas tort. Tais-toi, cerveau !!!!

On a filé au fond du jardin. C'était hyper romantique. Pas un bruit et plein d'étoiles au-dessus de nos têtes. On s'est bécotés jusqu'à plus soif sous la voûte céleste. Le truc curieux, c'est qu'au bout d'un moment j'aurais été incapable de dire avec précision où commençait l'un et où finissait l'autre. Un rien perturbant comme affaire (vous imaginez pour s'habiller si ça doit être commode), mais j'ai adoré. ADORÉ.

Minuit. Au lit.
Il est parti.
À Londres.
Sans moi.

Jeudi 11 novembre

8h30. La vie continue (on se demande comment).

Il y a des contrôles à passer. Des choses sérieuses à chosesérieuser.

Aujourd'hui, le Top Gang a voté à l'unanimité une opération *le bel France* qui consiste à porter son béret à la française et son manteau col relevé. Rosie a pris sur elle d'offrir une botte d'oignons à Appelez-Moi-Henri. De mon point de vue, c'est pousser le bouchon un peu loin. Ce que j'en dis... Ginola lui a fait un sourire trop craquant pour la remercier en lui disant un truc style :

– *Le merci, mademoiselle*. Ce soir, je ferai le *délicieusement* soupe à l'oignon et je penserai à vous en la mangeant.

Si vous voulez mon avis, c'est à double tranchant cette affaire. D'une main, c'est le méga bonus d'occuper les pensées de Ginola au dîner, et de l'autre le méga malus d'être associée à des oignons. Bien que Ginola ait sorti son couplet en français, j'ai tout pigé. Je lui ai fait un méga sourire pour qu'il percute.

11 h 00. Curieux, le contrôle de français ne m'a pas paru si difficile que ça.

Toutes les filles sont atteintes de Ginolamania. Aiguë. On a passé la matinée à scander «Oh, lui, oh, lui, oh, lui» avec l'accent français. Ne me demandez surtout pas pourquoi. On ne pouvait pas s'en empêcher, c'est tout.

Gym

13 h 30. Pas impossible que la Mère Stamp ait également été touchée par la grâce. Je mettrais ma tête au feu qu'elle s'est rasé la moustache.

Récré

14 h 30. Assise avec Ellen sur le radiateur qui jouxte la machine à bonbecs. Pas désagréable

d'avoir la culotte toastée par ces frimas automnaux. L'air de rien, j'ai fait à ma voisine :

– Comment ça va avec Dave la Marrade ?

– Plutôt bien.

Que fallait-il entendre par « plutôt bien » ? Que Dave avait passé sous silence l'épisode bécot accidentel. Voilà ce qu'il fallait entendre.

Il se peut donc que j'aie encore quelques belles années de bécots devant moi.

SOIRÉE POISSON

Samedi 13 novembre

11h00. En manque de bécots et de Super-Canon. Intense.

Midi. Bien que je n'aie pas du tout la tête à faire les boutiques (pour cause de tristesse et de solitude incommensurables), je me suis forcée à demander un petit billet à Mutti et je me suis botté le derrière pour sortir. Rendez-vous avec Rosie, Jools, Ellen et Jas chez Luigi comme d'hab' et départ quasi immédiat pour Miss Selfridge. On était gentiment en train de faire du lèche-vitrine bras dessus bras dessous quand on tombe nez à nez avec Dave la Marrade, Rollo et deux de leurs poteaux! Oh, oh. Dave nous a saluées d'un :

– Salut, les beautés.

Il est vraiment craquant comme garçon.

C'est bizarre quand même. Je regrette à mort (pour de vrai, je le jure) toute l'affaire rosissement popotal et pourtant je suis toujours super contente de le voir. Avec la Marrade, je n'ai pas de perte neuronale immédiate comme avec Super-Canon.

On était arrivés devant chez Jennings, l'épicerie où travaille Tom, et bien sûr, il a fallu que Miss Frangette aille dire bonjour à son « petit ami ».

Moi :

– Demande-lui s'il a *le légumineuse* ferme.

Jas ne m'a même pas répondu.

La présence de Dave mettait Ellen dans un état navrant. Elle n'arrêtait pas de se tortiller et d'agiter stupidement les cheveux dans tous les sens. Moi, je faisais celle qui regardait une vitrine alors qu'en fait je tendais méchamment l'oreille pour essayer de capter ce qu'ils se racontaient. C'est dingue quand même, je ne sais toujours pas s'ils sont partenaires bécots officiels ou non.

Quand Jas est sortie de chez Jennings, les garçons sont partis de leur côté. La Marrade a donné un petit poutou à Ellen sur la joue. Pour être honnête, ça m'a fait un peu bizarre. Je ne saurais dire pourquoi.

15 h 00. Ellen a fait la stupide tout le reste de l'après-midi. Et comme elle allait au cinéma ce

soir, elle nous a lâchées plus tôt pour rentrer se préparer. Profitant de son absence, j'ai posé la question fatidique à Rosie :

– Bon, alors, ils sortent ensemble oui ou flûte ?

– Je sais qu'elle en pince pour lui mais elle refuse de me dire à quel numéro ils en sont. Elle prétend que c'est personnel.

– Consternant.

– Tu as raison. Ce soir au cinoche, je ne les lâche pas des yeux. Comme ça, je pourrai te dire.

Merci de me prévenir. Ainsi donc, tout le monde va au cinéma ce soir. Tout le monde signifie : Jas et Tom, Rosie et Sven, Ellen et Dave, Jools et Rollo, plus deux ou trois autres couples. Tout le monde, sauf moi. *Caca.*

Dément, je tiens la chandelle à mes copines.

15 h 30. Coup de fil à Jas.

– Je tiens la chandelle à mes copines.

– Ben, t'as qu'à venir ce soir alors.

– Pas question. Vous allez passer votre temps à vous bécoter. T'en fais pas. Ça n'a aucune importance. Je resterai seule à la maison pendant que vous sortez ensemble.

– Comme tu veux. À plus.

Charmant. Et typico.

20 h 00. Super-Canon m'a appelée. Ooooohhhhhh. Ça y est, c'est fait. Les Stiff Dylans ont signé un contrat avec la maison de disques !!!!

Ils sont invités ce soir à une super fête spécial musicos dans une boîte ultra branchée.

Minuit. Je suis une veuve rock.

Dimanche 14 novembre

Déjeuner

13 h 10. Coup de fil à Rosie.

Rosie :

– *Le bon jour mon petite camarade.*

Moi :

– C'est quoi ton programme du jour ?

– Je me fais un après-midi Abba. J'ai mis le vieux deux-pièces au crochet de ma mère et… Sven ! Doucement avec le bougeoir en verre !

Dans le fond, j'entendais des : « *Oh, ja, oh, ja, oh, ja* » ponctués de bruits étranges.

Moi :

– Il fait quoi là, Sven ?

– Il jongle.

Suis-je bête ! Pourquoi poser la question ?

14 h 00. Jas est de nouveau en train de bosser avec son Tom. Personne ne veut s'amuser avec moi sous prétexte de devoirs à faire.

20 h 00. Très inquiétant, je me suis retrouvée moi-même en train de faire mes devoirs

de trançais !!!! Papa est monté voir de quoi il retournait. C'est vous dire. Je pense que cette soudaine activité scolaire est le signe d'une maturosité évidente. Doublé du fait qu'il me faut impérativement les bases nécessaires pour pouvoir faire des achats à Paris quand j'accompagnerai les Stiff Dylans en tournée. Vous imaginez le malaise si je n'arrivais pas à dire mascara à une vendeuse.

Lundi 15 novembre

Français
13 h 30. Ginola nous a rendu nos contrôles de français… J'ai la meilleure note !!!!! Le Top Gang me regardait, les yeux exorbités de surprise. Jools a même lâché un « foutu *sacré bleu !* »

Appelez-Moi-Henri m'a rendu ma copie avec un sourire trop sexy et un petit commentaire que voici :

– C'est très bien, mademoiselle Nicolson.

Nom d'une biche aux abois, il est carrément sublime. Si je n'étais pas la copine d'un Super-Canon et que je n'étais pas affligée dans le même temps d'une furieuse envie d'aller faire un tour au service pipi & Cie, je le bécoterais sur-le-champ.

Récré

14 h 30. En quittant le cours, Ginola marchait devant nous dans le couloir et je peux vous dire que sur le plan cucul, c'est un sans-faute. Nous étions toutes en admiration quand Herr Kamyer a surgi comme un diable de sa boîte dans un état assez proche de l'Ohio. C'est clair que la vue de Ginola le remplit de bonheur.

– *Guten Tag*, Henri. Que diriez-vous d'un café ? a dit le germanophile au francophone avant d'entrer dans la salle des profs.

Moi :

'Herr Kamyer se couvre de ridicule à baver comme ça devant Ginola. On dirait un homosexualiste.

Comme de juste, Jas m'a fait la politiquement correcte.

– Il n'y a pas de mal à ça, tu sais. Si ça se trouve, Herr Kamyer est homo et rêve de trouver chaussure à son pied.

– Ne sois pas stupide, Jas... Il met des chaussettes écossaises !

À la maison

16 h 30. Yesssss !!!!!! J'ai la meilleure note en français. Ça lui apprendra à la Mère Slack. À son retour, je compte bien lui dire (en français et toc) qu'au lieu du bâton, elle ferait mieux d'utiliser *le* carotte. Comme notre ami, Appelez-Moi-Henri. Oh, oh.

19h00. Pour fêter le nouveau super boulot de Vati dans l'hydraulique (!), toute la petite famille a été conviée à Pizza Express. Libby tenant absolument à ce que la Barbie plongeuse sous-marine, le camion-citerne, Charlie le cheval et l'album de bande dessinée ne soient pas exclus des festivités, il a fallu prendre une table pour huit. Tout le monde devait avoir sa chaise (oui, oui, la bande dessinée aussi). Vati a mis le holà aux exigences de l'enfant quand celle-ci a manifesté le désir (impérieux) de commander des pizzas pour ses poteaux de tablée. Et je dois dire qu'il n'a pas cédé même quand les vraies larmes sont arrivées. Le père de famille intransigeant a dit à l'enfant rebelle :

– Il y a des enfants qui meurent de faim en Afrique.

J'étais au bord de lui rétorquer : « Eh ben, pourquoi tu leur envoies pas ton popotin ? Ils devraient pouvoir passer l'hiver avec ça. »

Mais je me suis abstenue, histoire de ne pas gâcher une « merveilleuse » soirée.

22h00. Super-Canon m'a appelée. Miâââââââââââm !!!! Il redescend sur terre dimanche. En fait, samedi. Sauf que samedi, c'est l'anniversaire de sa mère. D'ailleurs, je sais que Jas est invitée à la fête de famille et, pour être honnête, je mourais d'envie que Robbie me propose d'en être.

– Écoute, Georgia. Ce serait vraiment super si tu pouvais venir, mais je crois qu'il vaut mieux attendre que je te présente à mes parents plutôt que de débarquer comme ça. Qu'est-ce que tu en penses ?

– Euh...

Minuit. Qu'est-ce que j'en pense ? Quel est le sens de la question, je vous prie ? S'il y a bien quelqu'un qui ne sait pas ce qu'elle en pense, c'est moi. Je serai même la dernière à le savoir. Hmmm.

Ah, si seulement on pouvait se voir plus souvent avec Super-Canon. Et puis faire des trucs normaux, style... après-midi Abba... séances bécots... danse du vermicelle. Est-ce que je sais, moi ?

Peut-être faut-il attendre pour ça que nous soyons installés dans notre super appart londonien.

1h00. Voyons voir combien ça fait d'heures jusqu'au retour de Super-Canon ? Cinq fois vingt-quatre plus la différence entre... J'en sais fichtre rien. L'abjecte Pamela Green est très forte en maths. Je pourrais profiter de l'amour démesuré qu'elle me porte pour en faire ma calculatrice humaine. À lunettes.

1h15. Impossible, elle ne rentre pas dans mon sac.

Mardi 16 novembre

Maths

14h45. Non mais les Grecs n'avaient donc rien de mieux à faire que de barboter dans une baignoire en hurlant «*Eurêka*!!»? Je précise que cette remarque ne concerne que Pythagore. Ce type n'avait pas de poteaux pour lui dire : «Hé, Pithy, mon chou… Ferme-la!!!!»

14h01. Toutes les filles étaient en train d'attacher leurs oreilles de bêtes à gants pour rentrer chez elles quand nos regards effarés sont tombés sur Dave la Marrade, Rollo, Steve et d'autres gus rôdant dans les parages. Oh, oh. Plan Orsec Garçon déclenché! Flûte, je n'avais même pas de brillant. Il ne me restait qu'une option : décrocher mes oreilles de bête à gants rapido. Ellen a été lamentablissime. Jugez vous-même. Elle a prétendu avoir oublié ses clopes dans les vestiaires pour pouvoir y retourner précipitamment!!!

Ben, voyons.

Elle en ressortait cinq minutes plus tard à peine maquillée : brillant, trompe-couillon, ombre à paupières nacrée, mascara. Elle avait roulé sa jupe à la taille et elle s'était ébouriffé les cheveux. Plus naturelle, tu meurs.

Perfide, je lui ai sorti :

– Tu as retrouvé tes clopes, ma grande?

Mais elle n'a pas tilté.

Dave est assez craquant dans son genre. Genre copain d'une autre fille. Il a fait le poutou de rigueur à Ellen et... il m'a regardée. Bizarre, je n'avais pas remarqué à quel point il avait le cil long. Possible que le fait d'avoir été chèvre dans un premier temps, puis clown à nez rouge dans un deuxième ait occulté la chose.

Il m'a fait :

– Salut, Georgia. Ça roule ?

– Super. Ça roule super. Ça roule au super.

Il a ri.

Puis Ellen a demandé :

– On rentre à pied ?

Et toute la troupe s'en est allée.

Dave la Marrade a écopé d'une exclusion d'une semaine. Hmmm. Plutôt mon genre, ça. Je me suis enquise du motif de la sanction

Dave :

– Tu es au courant que l'alcool à brûler peut prendre feu sans rien brûler d'autre ?

Intervention immédiate d'Ellen (notre astrophysicienne... je blague) :

– Ah, oui... C'est parce qu'il a un seuil de combustion très bas, c'est ça ?

Elle recommençait à faire la toute ridicule, à se tortiller stupidement en se pendant au bras de Dave. J'aimerais bien savoir à quel numéro ils sont rendus. Rosie penche pour le cinq (baiser bouche entrouverte). C'était difficile de trancher dans le noir, au cinéma. Et puis il y a un autre truc qui me turlupine. Est-ce qu'Ellen a eu droit oui ou flûte au lordillon de mèvres ?

Arrête ça tout de suite ! Rappelle-toi que tu es la copine d'un Super-Canon.

Dave a repris le cours de son explication :

– Bref, pendant le cours de physique, je me suis versé de l'alcool à brûler sur la main et j'y ai mis le feu. Ensuite quand M. Martin a posé une question, j'ai levé la main. En feu, évidemment. C'était atrocement marrant. Même si c'est moi qui l'affirme. Ce que je fais en l'occurrence puisque je m'entends le dire.

Le garçon a beaucoup d'humour. Je riais comme une baleine.

Rosie a profité de la présence des garçons pour inviter tout le monde samedi soir chez elle. Ses parents ne seront pas là de la nuit ! Quand Dave et ses poteaux nous ont laissées en bas de la rue, j'ai dit à la cantonade :

– C'était trop poilant le truc de la main en feu, non ?

Réaction d'Ellen :

– Tu ne penses pas que c'était un peu dangereux ?

Sauf erreur, il semblerait qu'Ellen n'ait pas le niveau de marrade requis pour un Dave du même nom.

18 h 30. Nom d'un cancrelat chauve, Libby a réussi à ramener (de force) à la maison un petit poteau du jardin d'enfants. Elle prétend que c'est son « lopain ». Ils sont censés dessiner dans sa chambre, mais j'en doute à entendre Libby :

– Couché, Josh. Libby infirmière.

18 h 38. Je crois que je ferais mieux d'aller voir ce qu'elle traficote puisque sa soi-disant mère est accaparée à l'extérieur par on ne sait quelles occupations.

18 h 40. Libby donnait un cours de bécot à Josh ! Quand je suis entrée dans la chambre, j'ai trouvé la douce enfant, toutes lèvres dehors, en train d'étouffer le malheureux. Le « lopain » n'avait pas l'air d'apprécier du tout. Pour être exacte, il sanglotait même à gros bouillons. Un désarroi qui laissait Libby de marbre.

Obligée d'intervenir.

– Libby, laisse Josh tranquille. Il n'aime pas ça.

– Chut, Georginette. Mmmmmmmmmmm. Smack, smack. Miam miam.

On se demande où elle est allée pêcher tout ça. C'est la faute des parents et du spectacle pornographique qu'ils lui offrent tous les soirs avec leurs effusions déplacées. J'ai libéré le PPJ (Pauvre Petit Josh) de la poigne de fer de ma petite sœur et je lui ai remis ses lunettes sur le nez. On aurait dit un perce-oreille azimuté en salopette.

23 h 00. J'ai fait part de mes reproches à Mutti. Elle a ri.

Jeudi 18 novembre

Physique
10 h 20. Les sœurs Craignos ont coupé la moitié de la cravate de l'abjecte Pamela Green.

Pause déjeuner
12 h 30. Il fait drôlement frisquet de la nouille. Je suis prête à parier que ce vieux chnoque d'Elvis Attwood baisse le chauffage dès qu'il fait froid.

Le Top Gang au grand complet est pelotonné sur un radiateur du bâtiment des sciences. Ici au moins, on est à l'abri. Les deux filles de surveillance, Kate la Consternante et Melanie Griffith, ne sont pas en top condition physique, c'est le moins qu'on puisse dire (Melanie pour cause de sur-surdéveloppement mammaire et Kate pour cause de sur-surdéveloppement généralisé). Tout ça pour dire qu'aucune des deux n'aura le courage de monter jusqu'au deuxième étage

Ce serait une autre paire de manches si on avait Lindsay la Nouillasse ou Œil-de-Lynx sur le dos. Dans ces cas-là, aucune cachette ne résiste à leur pugnacité. La preuve, une fois, je m'étais malencontreusement planquée dans un cabinet avec les pieds appuyés contre la porte pour faire croire qu'il n'y avait personne dedans (banal, somme toute). Bref, à un moment, j'ai voulu vérifier que la voie était libre. Je me suis penchée pour regarder par le bas de la porte et je me suis retrouvée nez à nez avec Œil-de-Lynx. Ça file les jetons, croyez-moi.

La conférence de Mme Tampax sur la sexualité et le toutim a lieu demain.

Moi :

– Demain, je mets des boules Quiès. Je ne supporte pas que des vioques discutent sexe. C'est antinaturel à mort.

Jas :

– Tes parents ne t'ont jamais parlé reproduction ?

– Beurk.

Pour être honnête, Mutti m'avait effectivement bassinée avec des histoires d'œufs et d'ovaires quand j'ai commencé à avoir mes mickeys. Malheureusement, je n'avais pas mes boules Quiès sur moi ce jour-là et j'ai dû me fredonner une petite chanson dans la tête pour ne pas l'entendre.

Moi :

– Tout ce qu'on peut espérer, c'est que Mme Tampax nous file des serviettes gratos.

Jas (l'experte en protections hygiéniques) :

– Tu mets pas de tampons ? C'est vachement plus pratique. Hein, pourquoi t'en mets pas ?

Malgré l'envie légitime que j'en avais, je n'ai pas poussé Jas du radiateur.

– Je ne mets pas de tampons, ma petite vieille, parce qu'avec Libby ça n'est pas possible. Elle jette les embouts et, avec les tampons, elle se fait des petites « souris ». Et je te ferai dire que les petites souris en question, elle les trimballe partout dans la maison en espérant qu'Angus saute dessus. Tu n'as pas idée de ce que je vis.

Vendredi 19 novembre

11h00. La Mère Œil-de-Lynx vient de me filer un blâme pour avoir dit *schiessen-hausen* ! en me prenant les pieds dans le sac à dos de Jas. *Gott* dans *Himmel*, si on ne peut même plus dire goguenots en allemand sans qu'une vieille fasciste en prenne ombrage !

Éducation religieuse

13h30. Mme Tampax est venue nous parler des choses de la vie (et de protections hygiéniques) à l'heure où d'habitude on a éducation religieuse et c'est comme ça que la Mère Wilson s'est retrouvée à la recevoir (Mme Rasoir). Ce fut positivement insoutenable ! Mme Tampax délirait sur des histoires d'œufs et de vermicelles pendant que la Mère Wilson rôdait dans le fond de la classe, hypra enthousiaste (ce qui signifie dans son cas qu'elle souriait comme une demeurée, le carré années 70 en folie). On l'entendait derrière nous qui éructait des : « Très intéressant », « Comme c'est vrai », « Quel sujet complexe, n'est-ce pas, mesdemoiselles ? » Alors qu'on était toutes planquées sous nos bureaux. Pourquoi est-ce qu'elles n'allaient pas discuter le bout de gras toutes les deux quelque part ailleurs au lieu de nous raser gravement ? Je n'en pouvais plus. Histoire de se distraire, Rosie a fait passer un mot :

Si vous aviez à choisir, qu'est-ce que vous préféreriez ?

1. Aller au numéro 7 avec Elvis Attwood. (Il est à poil et il y a méchante activité sur le plan langue.)

Ou

2. Ne plus jamais se bécoter avec un garçon.

Faites passer.

Tout le monde a choisi la réponse deux. J'ai pratiquement dégobillé à l'idée du numéro sept (caresses sur la partie supérieure du corps en extérieur) avec Elvis (à poil). Sortez de mon cerveau les images, sortez !

Dans le mot d'après, Rosie demandait :

Qu'est-ce que vous préféreriez ?
1. Vous faire frotter le dos avec une serviette par la Mère Stamp dans les douches.
Ou
2. Ne plus jamais se bécoter avec un garçon.

Très inquiétant, Jas a choisi l'option un.

Récré
14 h 30. Moi à Jas :
– Qu'est-ce que tu as comme trucs à grignoter, Miss Goudou ?

Samedi 20 novembre

Samedi soir, c'est la fête !
19 h 00. Tout le Top Gang vient à la fête de ce soir (sauf Jas qui préfère aller à l'anniversaire de la soi-disant mère de son soi-disant copain). Robbie m'a dit qu'il essaierait de passer chez Rosie après ses obligations familiales. Je me roulerais par terre tellement j'ai envie de le voir. Ça fait carrément des siècles qu'on ne s'est pas bécotés. Bref, passons. Je me demande qui sera là ce soir ? Rosie et Sven, évidemment, Mabs et Steve, Jools et Rollo, Ellen et Dave la Marrade… Sara, Patty et moi… et si ça se trouve d'autres poteaux de Dave.

J'ai vraiment hâte d'être à tout à l'heure. À la fête, je ne penserai plus à l'état de liquéfaction poulpesque dans lequel me met Super-Canon chaque fois qu'il approche à moins de dix mètres.

Même si, comme d'hab', je dois tenir la chandelle aux copines.

Chez Rosie

20 h 20. Sven m'a ouvert la porte avec un préservatif sur la tête en guise de chapeau… euh…

– *Ja*, Georgia, bienvenue à la soirée poisson !

Qu'est-ce qu'il me racontait, le géant ?

J'ai vite compris.

Tout le salon était décoré avec des filets et des poissons en papier accrochés au pla fond. Rosie est descendue de sa chambre dans une tenue de sirène archinase (en sautant à cloche-pied, les deux jambes passées dans la même jambe de pantalon). Elle m'a accueillie avec un :

– Thon-soir, ma Gee.

Nom d'un grillon dépressif.

Pour finir, c'était poilant cette affaire de poisson. Il y en avait même en amuse-gueule, style poisson pané.

Quand Dave la Marrade est arrivé avec ses poteaux, j'ai cru qu'Ellen allait tomber en syncope.

Pour ma part, j'étais tel le maquereau. Impavide. Juste après, Sven a lancé un « allez, on danse» et tout le monde s'est mis à danser sur de la musique de poisson. Style *Les Dents de la mer* ou *Titanic*. Et, évidemment, il était recommandé de danser comme des poissons. Ce qui est moins facile qu'il n'y paraît si on considère que le poisson n'est pas très porté sur la danse.

Dave la Marrade me faisait mourir de rire. On aurait vraiment dit un poisson. D'ailleurs, il m'a sorti :

– Je me sens comme un poisson dans l'eau !

Ensuite, on a joué aux sardines. Enfin, la version norvégienne des sardines qui consiste à se quicher en groupe dans une armoire.

Soit dit en passant, il y en avait pas mal qui se bécotaient. Je ne citerai pas de nom, vous me connaissez. Rollo et Jools, Sven et Rosie. En ce qui me concerne, moi-même personnellement, je trouvais la promiscuité avec Dave la Marrade un peu trop proche à mon goût. Faut dire aussi qu'il me tenait dans ses bras... normal, il voulait m'empêcher de tomber... j'ai vu le moment où mes lèvres pulpaient toutes seules dans le noir...

Stop. Je sens un retour fracassant du rosissement popotal. Je dois l'éviter à tout prix. À tout prix.

21h20. Après l'affaire des sardines, on s'est lancés dans un jeu de la vérité.

Vite interrompu par une sonnerie à la porte. C'était Miss Culotte-Méga-Couvrante et son To-Tom. Mais pas de Super-Canon. J'ai glissé à Jas discreto :

– Où est Robbie ?

– Qui ça ?

Dieu qu'elle est irritante. Miss Frangette prétendait me planter là pour aller piller le buffet mais je lui ai filé le train.

– Jas, qu'est-ce qu'a dit Robbie ?

Et là, tout fort, devant tout le monde, elle sort :

– Au fait, Gee, le bécot d'oreille avec Super-Canon, c'est quoi comme numéro au point de vue cotation ?

C'était quoi ce délire ?

Si d'aventure quelqu'un souhaite de plus amples informations sur ma vie privée, il n'a qu'à se brancher sur Radio Jas.

21 h 30. Hahahahahaha.

J'ai filé un gage à Jas. Elle doit se remplir la culotte de légumes ! Au début, elle râlait comme un pou. Mais, au bout du compte, elle a fini par prendre le chemin de la cuisine.

Quand elle est revenue, j'ai cru mourir de rire.

Elle s'était mis un kilo de patates, quatre carottes et un rutabaga dans la culotte et il restait encore de la place !!!!

Ensuite, Rosie a été obligée d'avouer à quel numéro elle était allée avec Sven... HUIT ! Pour ceux qui auraient oublié, huit signifie : caresses sur la partie supérieure du corps en intérieur (au lit). Honnêtement !!! Ça m'a filé un sacré coup. Vous croyez que Rosie aurait été gênée ? Pas le moins du monde.

Ensuite, Steve a dû avaler un œuf cru. Un œuf cru, c'est sans le jaune, bien sûr. Comme je l'ai fait remarquer à l'assistance.

Oh, oh. C'était mon tour.

Jas s'est vengée du coup de la culotte fourrée aux légumes d'une manière particulièrement odieuse. Elle m'a demandé face à une assistance médusée :

– Est-ce qu'il y a un autre garçon qui te plaît à part Super-Canon ?

Pleins feux sur Georgia. Dave la Marrade me fixait intensément. En fait, si je réfléchis bien, tout le monde me fixait intensément.

J'étais quoi, au juste ? Une fixation ?

– Euh… ben… euh… J'aime bien… euh… Appelez-Moi-Henri.

Ouf.

Dès que j'ai dit Appelez-Moi-Henri, la discussion est immédiatement repartie sur les petits pantalons serrés du lecteur de français. Bref, on a continué à jouer et à un moment Jools s'est retrouvée à donner un gage à la Marrade.

– OK, Dave. Je te demande d'embrasser…

À ces mots, Ellen a viré au cramoisi et s'est remise à faire la toute crétine.

– Je te demande d'embrasser… Georgia.

Pourquoi moi ? Qu'est-ce que Jools avait deviné ?

Mon rosissement popotal dépassait de ma jupe ou quoi ???

Quand j'ai entendu la foule déchaînée scander « le bécot ! le bécot ! le bécot ! », je suis partie me réfugier dans la cuisine sous prétexte d'une envie pressante de verre d'eau.

Je ne vous raconte pas dans quel état j'étais. Si seulement j'avais su ce que je voulais.

Je voulais tout. Voilà la réponse.

Je voulais Super-Canon et Dave la Marrade et pourquoi pas Ginola par-dessus le marché.

Ce coup-ci, pas d'erreur, j'avais vraiment tourné nymphotruc.

J'en étais arrivée à cette triste conclusion quand Dave la Marrade est entré dans la cuisine.

– Georgia ?

– Oui.

– Tu me dois un bécot.

Ohnomdenomdenomdenom !!!! La Marrade est le copain de ma super copine Ellen. Et je sors avec Super-Canon.

Il suffisait que je dise : « Non, Dave, j'ai fini de jouer » et tout serait rentré dans l'ordre. Mais je n'en ai pas eu le temps. Pile au même moment, on se bécotait sans le faire exprès. Pour la deuxième fois !!!!

Je n'ai pas la moindre autorité sur mes lèvres !!! Vilaines, vilaines, vilaines !

Au bout du bécot et dans un demi-lordillon de mèvres, Dave m'a fait :

– Georgia, on ne devrait pas.

Dingue, c'est exactement ce que j'allais dire !

– Écoute, Georgia. Tu me plais vraiment beaucoup. Depuis toujours. Tu le sais d'ailleurs. Mais je n'ai pas l'œil dans ma poche et j'ai bien vu qu'il y avait des milliers d'autres filles qui rêvaient de sortir avec moi. C'est humain. Tu as pu admirer mes prestations sur une piste de danse, tu peux comprendre…

Malgré la gravité de la situation, on a ri comme des bossus.

Dave a poursuivi la conversation seul.

Pour ma part, j'étais totalement paralysée du nez jusqu'au cou. Non, je rectifie. Du cou jusqu'au nez et du nez jusqu'au cou.

– Il faut que tu choisisses, Georgia. Soit tu en pinces pour Super-Canon, soit tu en pinces pour moi, qui t'aime vraiment et avec qui tu pourrais bien te marrer. Crois-moi.

Il a conclu par un petit baiser très doux sur la bouche et il est retourné au salon.

Au lit

Minuit. Ça fait bien quelques siècles déjà que j'ai dépassé la vallée des Perturbées pour entrer doucement mais sûrement dans l'univers des gravement dérangées. Foutu *sacré bleu.* Je n'y comprends que couic. Mes seules préoccupations du moment devraient se limiter au maquillage et à la progression de mes nunga-nungas. Quelqu'un peut m'expliquer comment je me retrouve à devoir prendre des décisions de dimension atomique ?

Super-Canon ou Dave la Marrade ? Jambe de poulpe ou danse du vermicelle ? Lordillon de mèvres ou bécot d'oreille ?

Le choix est cornélien.

Dimanche 21 novembre

Petit déj'

11 h 20. Pour vous dire l'état de démence de la fille, j'ai levé le nez de mon bol pour demander conseil à Mutti ! Mais je n'ai pas pu aller plus loin que :

— Mutti, j'ai…

Vati déboulait du jardin en hurlant :

– Saperlipopette ! Naomi a un polichinelle dans le tiroir !!!!!!!!!!!

FIN

Georgia parviendra-t-elle à choisir entre Dave la Marrade et Super-Canon ? Vous le saurez en lisant la suite de son hilarant journal intime !

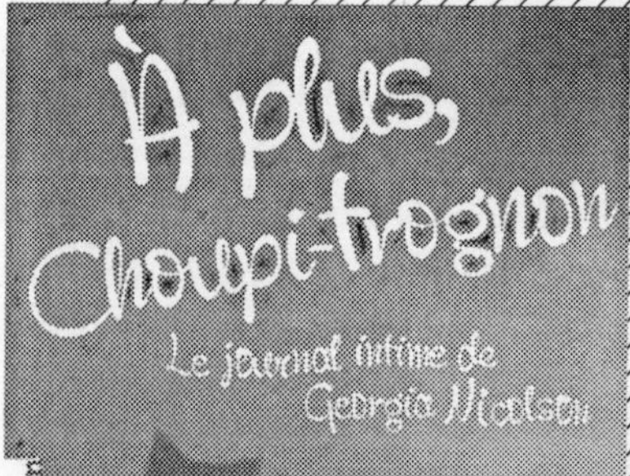

Extrait

À plus, Choupi-Trognon...

Dimanche 21 novembre

Dans ma chambre
Midi à vol d'oiseau
Il pleut des hallebardes

Pas plus tard que tout de suite, un moineau vient de se faire violemment jeter à bas d'un arbre par l'ondée. Si vous voulez mon avis, le volatile aurait mieux fait de prendre son pébroc avant de sortir. Note que, même muni d'un pébroc, il pouvait encore déraper sur une feuille mouillée et se prendre un écureuil en goguette de plein fouet. La vie est ainsi faite. La mienne, en tout cas.

On prend les mêmes et on recommence, je quitte à l'instant la vallée des

Tourneboulés pour m'avancer gaiement vers le royaume du rosissement popotal maxi. Non, mais qu'est-ce qui me prend au juste ? Super-Canon est le seul et unique Super-Canon de mon cœur, mais allez expliquer ça à mes lèvres si ça vous tente. Il suffit que Dave la Marrade me dise : « Tu me dois un bécot » pour qu'elles se mettent à pulper comme des folles. En ce qui me concerne, j'aimerais autant qu'elles sortent toutes seules la prochaine fois.

12 h 30. Pourquoi, mais pourquoi Super-Canon ne m'a pas encore appelée ? Les Stiff Dylans sont rentrés depuis hier de leur expédition londonienne à but d'enregistrement de disque ! Si ça se trouve, Super-Canon est en plein décalage horaire de bus. L'autre possibilité, c'est qu'il ait eu une petite converse avec son frère Tom et que l'autre lui ait sorti un truc style : « Tu sais quoi, Robbie ? Hier, on est allés à une soirée poisson et tu ne devineras jamais. Figure-toi que ta copine Georgia s'est bécotée sans le faire exprès avec Dave la Marrade au jeu de la vérité ! Dommage que tu n'aies pas été là, tu as raté une démonstration de rosissement

popotal pas piqué des puces. Je parie que tu aurais adoré ! »

OhmonDieumonDieumonDieu ! Je ne suis ni plus ni moins qu'une petite cochonne à cucul rose.

12 h 35. De l'autre pied, vu que personne n'a assisté à mon bécot accidentel avec Dave la Marrade, je peux parfaitement envisager de garder la chose secrète par-devers moi jusqu'à mon trépas.

12 h 45. Oui, mais une supposition démente que Jas se soit intéressée à autre chose qu'à sa frange et qu'ayant pigé le micmac Dave la Marrade, elle se soit empressée de faire un compte rendu circonstancié à son soi-disant copain, Tom.

Ne pas oublier que Jas est chef d'antenne chez Radio Jas !

13 h 00. Je passerais bien un coup de bigo à Jas, sauf qu'il n'est pas question de descendre pour l'instant. En bas, c'est la soupe à la démence. Ça ne fait pas moins de douze millions de fois que j'entends les Porte-en-Face répéter « pourquoi, oh pourquoi ? » ou sa variante « mais comment, comment ? », mâtinée à l'occasion d'un ou deux « oh pourquoi, mais comment ? »

— — — — — — — — — — — — — — — —

Ma seule consolation, c'est que je ne suis pas la seule petite cochonne à cucul rose de l'univers, ou de la rue en l'occurrence. Noami, la bombe birmane des Porte-en-Face a réussi l'exploit d'attendre un heureux événement alors qu'elle n'a pas mis la truffe dehors depuis un bon demi-siècle pour cause d'arrêts de rigueur. Comme je l'ai judicieusement fait remarquer à toute personne susceptible de piger un truc simplissime (c'est-à-dire moi et... euh... personne d'autre), je ne vois pas comment on pourrait coller le polichinelle de Naomi sur le dos de mon gros minou Angus, vu que dans cette affaire il n'est rien moins qu'un figurant en culotte velue.

14 h 05. Contrainte de descendre à la cuisine voir s'il n'y avait pas moyen de me caler l'estomac avec un vieux bout de Weetabix moisi. Super bonus, les Porte-en-Face ont fini par rejoindre leurs pénates. Méga malus, Super Dingo (mon Vati de père) a pris le relais sur le plan jérémiades, le tout assorti de tentatives désespérées pour faire l'adulte responsable, de tortillons de barbe, soit dit en passant d'un ridicule achevé, de remontage de pantalon et j'en passe.

— — — — — — — — — — — — — —

Une intervention était nécessaire :

– Vati, je te garantis que les gens te prendraient méchamment plus au sérieux si tu virais le miniblaireau qui te squatte le bout du menton.

Bien la peine que je tourne ma remarque d'une façon *le très riante*, le père de famille a donné libre cours à son ire. J'ai cru que je ne recouvrerais jamais l'ouïe.

– Si tu n'es pas capable de dire quelque chose de sensé, tu ferais mieux de te taire !

Sans blague, vu le nombre de fois où on m'a demandé de me tenir coite, j'aurais mieux fait de ne pas perdre mon temps à apprendre à parler.

en Pôle fiction

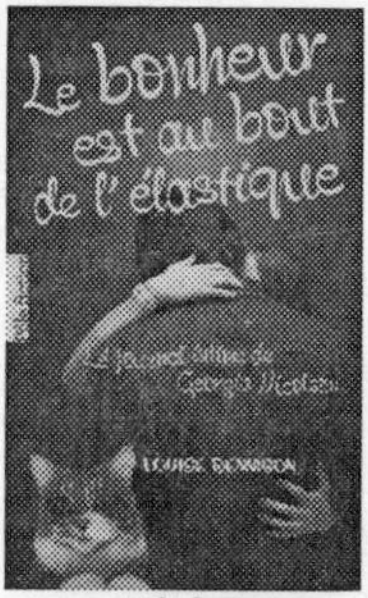

en Pôle fiction

à paraître en Pôle fiction

en Scripto

en Scripto

en Scripto

en Scripto

en Scripto

en Scripto

Retrouvez l'intégralité du journal intime de Georgia Nicolson en Pôle fiction et en Scripto.

Vous qui avez aimé l'humour irrésistible de Georgia, vous adorerez ces autres romans pétillants parus en **Pôle fiction** :

LBD 1 - UNE AFFAIRE DE FILLES
de Grace Dent

Les Bambinas Dangereuses, trois inséparables amies, se voient privées de concert par leurs parents ? Pas de problème, elles organiseront leur propre festival rock au collège. Et devinez qui se présente au casting : Jimi Steele, le garçon le plus sexy du monde !

LES CONFIDENCES DE CALYPSO 1 - ROMANCE ROYALE
de Tyne O'Connell

Pas facile pour Calypso, américaine, de se faire accepter par les autres élèves du pensionnat le plus chic d'Angleterre... Surtout lorsque le prince Freddie tombe sous son charme... Jalousies en perspective !

ANN BRASHARES
QUATRE FILLES ET UN JEAN

LOUISE RENNISON a passé son enfance à Leeds, en Angleterre, avant d'être entraînée par ses parents en Nouvelle-Zélande, à l'âge de quinze ans. Deux ans plus tard, la famille est de retour en Angleterre. À vingt ans, Louise Rennison s'installe à Londres et s'essaie à différents métiers. Puis, elle s'inscrit à un cours de comédie à Brighton, ville où elle vit encore aujourd'hui. Elle commence alors à écrire et à interpréter des one-woman shows autobiographiques. Ceux-ci rencontrent un franc succès et remportent plusieurs prix au festival d'Édimbourg avant d'être diffusés à la radio. Louise Rennison se met ensuite à écrire pour d'autres acteurs comiques. Comédienne et auteur, elle est également journaliste pour la télévision, la radio et la presse écrite. Mais c'est avec *Le Journal intime de Georgia Nicolson* qu'elle connaît un succès phénoménal et international.

Retrouvez l'héroïne de Louise Rennison sur son site anglophone:
www.georgianicolson.com

Dans la collection

Pôle fiction

filles

Ce que j'ai vu et pourquoi j'ai menti,
Judy Blundell
Quatre filles et un jean
Le deuxième été
Ann Brashares
LBD 1 - Une affaire de filles, Grace Dent
Cher inconnu, Berlie Doherty
13 petites enveloppes bleues, Maureen Johnson
Les confidences de Calypso 1 – Romance royale,
Tyne O'Connell
Le journal intime de Georgia Nicolson :
1. Mon nez, mon chat, l'amour et moi
2. Le bonheur est au bout de l'élastique
Louise Rennison
Code cool, Scott Westerfeld

fantastique

Interface, M. T. Anderson
Genesis, Bernard Beckett
Felicidad, Jean Molla
Le Combat d'hiver, Jean-Claude Mourlevat
Le Chaos en marche 1 - La Voix du couteau,
Patrick Ness

Le papier de cet ouvrage est composé de fibres naturelles, renouvelables, recyclables et fabriquées à partir de bois provenant de forêts plantées et cultivées expressément pour la fabrication de la pâte à papier.

Maquette : Karine Benoit
Photo de l'auteur © D.R.

ISBN : 978-2-07-063539-9
Loi n° 49-956 du 16 juillet 1949 sur les publications destinées à la jeunesse
Dépôt légal : février 2011
N° d'édition : 179337 – N° d'impression : 103392
Imprimé en France par CPI Firmin Didot